Über die Autorin

Annika Senger veröffentlichte als junge Erwachsene regelmäßig Gedichte und Kurzgeschichten in deutschsprachigen Literaturzeitschriften. Als Jugendliche schrieb sie das Theaterstück „Ganymed" (erschienen im Plausus Theaterverlag). Zwischen 2015 und '16 brachte sie unter dem Pseudonym Alexandra Sonnental die Kurzgeschichtensammlung „Das ist Berlin, Baby!" sowie die beiden Romane „Zurückbleiben, bitte!" und „Zimmer in Berlin" (Neobooks) heraus.

Für Tilda und alle anderen Kinder dieser Zeit

Annika Senger

Letzte Ausfahrt 2020

Ein Roman

© 2021, Annika Senger

Autorin: Annika Senger
Umschlaggestaltung: Annika Senger

Verlag: tredition GmbH, Hamburg
ISBN:
978-3-347-34455-6 (Paperback)
978-3-347-34456-3 (Hardcover)
978-3-347-34457-0 (e-Book)

Printed in Germany

29. Dezember 2020, 7:00 Uhr

Edvard Griegs „Morgenstimmung" ertönt auf der Waschmaschine. Daniel hat mein Handy zum Aufladen ins Badezimmer gelegt. Felix nagt angeblich Kabel an. Der beste aller Berliner Kater hat sicher tiefer geschlummert als ich. Und schon spielt mein Wecker „Morgenstimmung", obwohl es über den Dächern von Schöneberg noch stockduster ist. Die Gedanken haben in meinem Kopf Pirouetten gedreht. Erst vor ein paar Minuten ist mir eingefallen, dass mich ein paar Tropfen CBD-Öl auf der Zunge vielleicht beruhigt hätten. Wie lange habe ich überhaupt geschlafen? Drei Stunden? Oder vier? Meine rote Ex-Couch ist so unbequem! Im Rücken spüre ich die Kuhle, die mein Hinterteil im Laufe der Jahre ins Polster gegraben hat. Dass Daniel und Erik sich überhaupt erbarmt haben, das alte Teil zu übernehmen! Hellwach schleiche ich ins Bad, damit in fünf Minuten nicht noch einmal „Morgenstimmung" durch die Wohnung dröhnt.

Die Schlafzimmertür öffnet sich einen Spalt. Daniel schaut mich müde und betreten aus seinen großen braunen Hundeaugen an.

„Du hättest doch weiterschlafen können", flüstere ich, um Erik nicht zu wecken.

„Nein, ich will mich noch von dir verabschieden.

Ich mache dann mal Kaffee."

„Das ist lieb von dir", antworte ich und mir wird bewusst, wie sehr ich Daniel vermissen werde. Nachdem ich mich gewaschen und angezogen habe, geselle ich mich zu meinem besten Freund in die Küche. Ich lasse zwei Scheiben finnisches Vollkornbrot in den Toaster wandern. Dann hole ich die letzten Lebensmittelvorräte aus meinem alten Leben aus dem Kühlschrank: ein veganes Schnitzel, Soja-Margarine und eine Scheibe Käse. Vor knapp zwei Wochen habe ich so viele Äpfel im Biomarkt gekauft, dass ich am 29. Dezember 2020 noch einen fürs Frühstück übrig habe. Alles genau abgezählt.

Daniel und ich schweigen, während wir mein vorletztes Mahl in Berlin anrichten. Felix erwartet uns schnurrend auf der gemusterten alten Oma-Plüschcouch seiner beiden Herrchen. Daniel setzt sich neben ihn, krault ihm den Hals. Der schwarzweiße Kater schnurrt noch lauter und streckt seinen Kopf in die Höhe. Auch er wird mir fehlen. Felix, der sich bei jedem meiner Besuche wie besessen an meinen Taschen gerieben hat. Wer wird sich in Zukunft um ihn kümmern, wenn Daniel und Erik mal wegfahren? Felix und ich waren während der Abwesenheit der Jungs immer ein tolles Team.

„Na, wie fühlst du dich? Bereust du es?", fragt mich Daniel, als ich in mein Finn-Brot mit Veggie-

Schnitzel beiße.

Ich kaue aus und erkläre ihm: „Nein, das ist richtig so. Es fällt mir extrem leicht, meine Bruchbude und die Hauptstadt des Grauens hinter mir zu lassen!"

„Ja, das glaube ich dir", seufzt Daniel und ich habe das Gefühl, dass ich langsam meine Tränen nicht mehr zurückhalten kann.

„Aber euch werde ich vermissen. Genauso wie die Landschaften im Umland von Berlin! Die Seen und die Wälder! Man geht wohl nie nur mit zwei lachenden Augen."

„Ich vermisse dich schon jetzt."

Nach diesem Satz aus Daniels Mund flenne ich wirklich. Er springt von seinem Platz auf, setzt sich rechts neben mich und nimmt mich in die Arme.

„Ich wollte schon so lange weg aus Berlin und der Bude!", schluchze ich. „Aber ich hätte nie gedacht, dass ich mal wegen der politischen Umstände gezwungen werde! Dass ich gar nicht mehr anders kann als abzuhauen!"

Daniel streichelt meinen Rücken und murmelt: „Verständlich."

„Weißt du was, Daniel? Anfang des Jahres, bevor das Schmierentheater losging, habe ich oft an meine Oma gedacht. Meine Großmutter väterlicherseits, die 1945 mit einem Schiff über die Ostsee geflüchtet ist. Ich habe mich immer gefragt:

Wieso schwirrt die ständig durch meinen Kopf? Warum jetzt? Inzwischen passt alles wunderbar zusammen! Als wollte sie mir aus einer anderen Welt was mitteilen."

„Ja, das ergibt Sinn", sagt Daniel, der mich immer noch im Arm hält. „Vielleicht brauchtest du einfach diesen Schubs vom Leben."

„Sicher! Wahrscheinlich wäre ich ohne den Faschismus in diesem Land alt und grau in dem maroden Haus geworden."

„Meinst du wirklich? Irgendwann wärest du sicher ausgezogen."

Daniel und ich lösen uns voneinander. Ich wische mit dem Handrücken meine Tränen von den Wangen und trinke einen Schluck Kaffee.

„Nur wann? Ich war all die Jahre viel zu feige zu gehen. Jetzt komme ich mir vor wie die Protagonistin in einem ganz düsteren Zukunftsroman. Mit dem Unterschied, dass die böse Zukunftsvision unsere reale Gegenwart ist!"

„Tja. Wir sollten eigentlich auch die Koffer packen. Zu blöd, dass Erik in Fremdsprachen total inkompetent ist."

„Der ist eben Naturwissenschaftler durch und durch."

„Ja, und kann super Mathe."

Ich lache: „So hat eben jeder seine Talente. Ein

bisschen Schwedisch spreche ich ja schon. Wird sicher bald mehr."

„Na klar. Du bist doch sprachbegabt."

„Und ich reise gerne. Vor zweieinhalb Wochen hatte ich echt die Befürchtung, dass heute die Grenze dicht ist und ich in Berlin bleiben muss", erzähle ich Daniel von meinem Worst-Case-Szenario.

„Nein, das sollte alles so sein. Wird schon gut gehen", antwortet er ruhig.

„Das glaubt meine innere Stimme auch. Irgendwann werde ich der Bundesregierung danken für ihre Taten. Dafür, dass sie mich animiert hat, endlich meinen Arsch zu bewegen!"

Jetzt lachen wir beide.

„Um neun Uhr nur noch die Wohnungsübergabe und dann ab die Post in mein neues Leben. Meine Knast-Entlassung nach lebenslänglicher Haftstrafe. Ein Monat ist mir wohl wegen guter Führung erlassen worden!", scherze ich. „Berlin war bei meiner Ankunft Anfang 2006 eine ganz andere Stadt."

„Ja, das hat sich schon lange zum Negativen verändert. Nicht erst seit Corona", stimmt Daniel mir zu. „Unser schöner Schwulen-Kiez ist auch nicht mehr das, was er mal war."

„Das haben mir schon ein paar andere Leute

gesagt. Euer Kumpel, der mal das Café 'Rosenstolz' geführt hat, ist auch weg, oder?"

„Ja, den Laden hat er letztes Jahr aufgegeben. Jetzt habe ich Angst, dass er auf den Kanaren bleibt. Kurz vor Weihnachten ist er mit seinem Ex losgeflogen."

„Ach, Daniel, die machen sicher nur Urlaub."

„Na ja, auf den Kanaren ist das ganze Jahr über Sommer."

„Wie wahr. Ich liebe die Kanaren!", sage ich. „Trotzdem zieht es mich schon das ganze Jahr nach Norden. Immer ist die Ostsee auf meinen Reisen mit im Spiel gewesen."

„Du hast 2020 wirklich viele schöne Orte auf deinem Fahrrad erkundet", erinnert mich Daniel und ich werde wieder wehmütig: „Mein Fahrrad in eurem Keller werde ich auch vermissen. Das war gestern Abend ein ganz merkwürdiges Gefühl, die letzte Fahrt zu euch anzutreten."

„Schon klar. Das Fahrrad hat dir viel bedeutet."

„Und deshalb steht es jetzt bei euch und nicht im Lager. Dann kann ich es mir jederzeit holen, wenn die politische Lage es zulässt."

Ich habe keine Ahnung, wann das sein wird. Zurzeit plane ich nur noch den nächsten Schritt, über allen weiteren liegt ein dunkler Schleier. Mein nächster Schritt ist, zu Ende zu frühstücken und mir die Zähne zu putzen.

Als ich fertig bin, steht Daniel an der Garderobe im Flur und hat 70 Euro in der Hand. Er streckt mir einen Zwanziger und einen Fünfziger entgegen und verkündet: „Für dich."

Ich bin verwirrt: „Wofür das denn?"

„Für deine Reise. Du hast doch viel Gepäck und ich bestehe darauf, dass du mit dem Taxi zum Hauptbahnhof fährst."

„Echt? Dann vielen lieben Dank."

Ich nehme die beiden Geldscheine entgegen und begehe die Straftat, Daniel zu umarmen, ohne anderthalb Meter Abstand von ihm zu halten.

„Sehr gerne. Ich bestelle gleich ein Taxi, damit du ganz in Ruhe zur Wohnungsübergabe fahren kannst."

„Ich kann auch die U-Bahn oder den Bus nehmen", wende ich ein.

„Nein, brauchst du nicht. Das Taxi ist sofort da. Ich frage, ob der Fahrer unten klingelt. Dann können wir noch kurz bei Felix sitzen."

Während Daniel das Taxiunternehmen anruft, verabschiede ich mich von meinem vierbeinigen Freund, der mich mit weit geöffneten grünen Augen anschaut. Ich streichele ihn und weiß, dass es für eine ganze Weile das letzte Mal sein wird.

Als Daniel seinen Anruf beendet hat, setzen wir uns wieder auf die Couch, ich auf die rote, er auf die plüschige. Aus meiner rechten Hosentasche ziehe ich meine grüne Löchermaske und streife sie mir übers Gesicht.

„Die brauchst du nicht. Zwischen dir und dem Taxifahrer ist eine Plastikfolie", sagt Daniel.

„Ist doch eh nur Attrappe, die Maske."

„Klar", grinst er.

„Diese Maske fühlt sich an wie gar keine Maske. Die Maske für freies Atmen. Ich liebe dieses Teil!"

Ende November habe ich meinen roten Stringtanga ausrangiert. Durch die Maske atme ich noch besser als durch den Protestschlüpfer aus Spitze. Ich bin es leid zu protestieren. Was hilft es Deutschland, mit Maske und Abstand Selbstdarsteller auf einer Bühne zu beklatschen und das als Demonstration zu bezeichnen?

Es klingelt an der Wohnungstür. Daniel und ich fallen uns nochmal in die Arme. Wieder möchte ich weinen und verkneife es mir.

„Melde dich von unterwegs. Ich drücke dir die Daumen, dass alles klappt."

„Das wird es", beteuere ich.

Wir verabschieden uns mit einem Küsschen auf die Wange und ich husche vier Stockwerke durchs Treppenhaus in die Tiefe.

29. Dezember 2020, 8:15 Uhr

Kein Licht mehr in meinem ehemaligen Schlafzimmer. Zu wenig, um ordentlich meinen roten Hartschalenkoffer zu packen. Ich sammele Kleidungsstücke und Kosmetika von den Dielen auf, trage die Sachen ins leere Wohnzimmer. Dort gibt es noch zwei Lampen an der weiß tapezierten Wand. Ich schalte das Licht ein und breite auf dem Fußboden meine allernötigsten Utensilien aus. Es sind auch ein paar Gewürze, Salz, ein Paket Spaghetti und drei Tüten meines Lieblingskakaos dabei. Die eine Seite des Koffers ist für meine Klamotten und die Edelmetalle reserviert, die andere für meine beiden MacBooks, den Drucker, das Kamera-Equipment, die Lautsprecherboxen und den Kopfhörer. Das läppert sich, obwohl ich mich nur auf das Nötigste beschränkt habe! Ja, ich brauche die technischen Geräte, um meine Arbeit zu erledigen. Wenn ich die Sachen klug verpacke, kann ich wirklich alle mitnehmen. Zum Glück hat der Koffer Rollen, ohne die wäre ich aufgeschmissen. Ob ich es schaffe, alle Schuhe zu transportieren? Drei Paar gefütterte Winterschuhe, bunte Stiefel, ein schwarzes Paar Halbschuhe für den Frühling und meine Hausschuhe. Die Jacken müssen auf jeden Fall auch mit. Die Kunstfelljacke ist am schwersten, die trage ich während der Fahrt. Den Lackmantel und die rote Übergangsjacke will ich im Frühjahr anziehen.

Ein Bruchteil meines Lebens in einem Koffer! Den Rest habe ich verschenkt, verkauft, verschrottet, in einem Lagerraum und bei Daniel deponiert. Seit Ende August habe ich Schritt für Schritt den Krempel aus meinem alten Leben losgelassen. Seit dem Tag in Finnland, als mir klar geworden ist, dass ich aus Merkel-Dummland verschwinden sollte.

Es war ganz einfach. Ich fühle nichts für diese Bude, kein Funken Abschiedsschmerz. Die Geschichte ist auserzählt. Der Corona-Terror war mir eine große Hilfe! Ich wollte schon vor fünf Jahren einen Schussstrich ziehen, stand noch Anfang 2020 vor einer Mauer, war verzweifelt. Warum hing ich eigentlich so lange fest in Berlin? So schwach und unentschlossen!

Ich mache die inneren Reißverschlüsse auf beiden Kofferseiten zu und schließe dann den Koffer von außen. Ein bisschen muss ich drücken, die Sachen zusammenpressen, doch es passt hinten und vorne nicht! Und wenn ich mich auf den Koffer setze und es dann versuche? Nee, absolut keine Chance! Die Hausschuhe wegwerfen? Nein, die sind so gut wie neu, sie passen bestimmt noch in die Keyboard-Tasche. Das Handtuch kann weg, in meinen Unterkünften gibt es Handtücher. Weg mit dem schwarzen Oberteil und dem Halstuch, weg mit der ausgeleierten Tunika und der schwarzen Strumpfhose. Den blauen Schal werde ich im Winter noch brauchen. Ich binde ihn mir um die

Taille. Die Jacken sind Unikate einer Berliner Designerin, auf keinen Fall werde ich mich davon trennen, auch nicht von den Stiefeln. Wenn ich ein bisschen umdisponiere, passt alles. Ja! Ich presse die beiden Kofferhälften zwischen meinen trainierten Radfahrerschenkeln zusammen, ziehe den Reißverschluss ... Geschafft! Puh. Ich hebe ihn an. 30 oder 40 Kilo? Im Flugzeug müsste ich für Übergepäck kräftig löhnen. Diesmal fahre ich Zug und Fähre.

Jetzt aber raus damit. Der Koffer bleibt vor der Wohnungstür stehen, bis ich die Reise zum Bahnhof antrete, das Keyboard auch. Mein Rucksack ist bis oben vollgestopft mit Kosmetik und Büchern. Mein Schwedisch-Lehrbuch, mein Finanzplaner, mein Traumtagebuch ... Das hat echt lange gedauert, alles zu packen.

Gleich kommt Frau Klein-Krämer von der Hausverwaltung und ich habe den Stromzähler noch nicht abgelesen. Der Zählerkasten ist hinter einem Sperrholzkasten mit Filzüberzug versteckt. Ich schiebe das unhandliche Ding zur Seite und schreibe auf: 0,33476,6. Die Sicherungen am Zählerkasten sind von anno Schnee. Sicherungen zum Schrauben. Jetzt noch den Rest vor die Wohnungstür tragen und im Schlafzimmer und Wohnzimmer die letzten Krümel vom Boden auffegen. Dann ist die Bude pikobello sauber. Daniel hatte gestern den Staubsauger abgeholt, bevor die Sperrmüllmänner auf der Matte standen.

Es liegen noch ein paar Holzsplitter auf den Dielen. Ich habe Muskelkater vom Zerlegen der Möbel und vom vielen Schleppen. Die beiden Müllmänner waren halbe Portionen. Deshalb habe ich noch mit Hand angelegt und geholfen, die Möbelteile zum Transporter zu bringen. Was für Pussys!

Ich schieße ein letztes Foto von meinem leeren Wohnzimmer und schicke es meiner Mutter. Stolz klopfe ich mir auf die Schulter. Es ist vollbracht. Jetzt sieht es genauso aus wie am 29. Dezember 2005. Wie während der Wohnungsbesichtigung, bei der ich in meinem jugendlichen Leichtsinn auf vieles nicht geachtet hatte. Nicht auf den billigen Filzbelag im Badezimmer, nicht auf den Gipsverputz anstelle von Fliesen und schon gar nicht auf die dunkle Hinterhaus-Romantik, die mir schnell zum Graus wurde. Hätte ich damals gewusst, wie hellhörig das Haus ist, wäre ich gar nicht eingezogen. Hätte, hätte, Fahrradkette!

29. Dezember 2020, 8:57 Uhr

Ich habe noch ein paar Minuten, um den letzten Müll in den Hof zu bringen. Ein Orangennetz und ein bisschen Altpapier. Mein Handy meldet sich im Treppenhaus. Hier könnte man einen Horrorfilm drehen, meinte Frau Schmidt von oben vor ein paar Jahren. Sie wohnt immer noch über meiner Wohnung. Viele hängen fest in diesem Haus, das den Zweiten Weltkrieg nur zur Hälfte überlebt hat. Die andere Hälfte wurde zerbombt und nicht mehr aufgebaut.

Ich ziehe das Handy aus der Hosentasche und lese eine Benachrichtigung von YouTube: „Du bist dumm, dümmer geht's nicht. Du beschissene dumme Fotze!", kommentiert RedFlag2020 mein neues Musikvideo.

Ich blockiere den Troll und lösche den Kommentar wie alle anderen Beleidigungen, mit denen meine Hater meine Social-Media-Kanäle unter Beschuss halten. Seit ich öffentlich meine Meinung kundtue, die Regierung kritisiere und Protestlieder veröffentliche, bin ich in gewissen Kreisen nicht mehr ganz unbekannt. Am 27. Dezember hatte mich ein Propaganda-Clown aus dem Staats-Fernsehen am Wickel. Ein Troll bezeichnete mich daraufhin als „Mörderin" und als „Deutschlands meist gehasste Person".

Mein bisher schlimmstes Verbrechen in diesem Leben war, die Maskenpflicht und die Angst-Propaganda zu kritisieren.

„Don't feed the troll", lautet mein Motto und ich gehe weiter die Treppe runter. Im Erdgeschoss begegnet mir eine mollige blonde Frau in schwarzer Kleidung.

„Guten Morgen. Sind Sie Frau Klein-Krämer von der Hausverwaltung?", spreche ich sie an.

„Ja, die bin ich."

Ihre Stimme klingt genervt.

„Okay, ich gehe nur noch mal kurz zum Müllcontainer. Ich bin gleich bei Ihnen zur Wohnungsübergabe. Die Tür steht offen, Sie können schon rein."

„Okay."

Frau Klein-Krämer trägt keine Maske. Als ich wieder oben bin, wartet sie im Hausflur vor dem Zählerkasten.

„Ich habe den Zählerstand gerade abgelesen", sage ich. „Wollen Sie die Daten haben?"

„Nein, ich lese besser selbst ab", antwortet sie kühl.

„Wie Sie wollen."

Ich schiebe den Sperrholzkasten noch einmal zur Seite und Frau Klein-Krämer dokumentiert den

Zählerstand mit ihrer Handykamera. Ich helfe ihr, das Holzgebilde wieder an Ort und Stelle zu rücken. Als nächstes wirft sie einen Blick in die Küche, der erste von drei Räumen, die von dem dunklen Wohnungsflur abgehen.

„Vor Ihrem Kühlschrank schwimmt der Fußboden. So geht das aber nicht!", meckert die Blonde, deren Mundwinkel fast so weit nach unten hängen wie die der Bundeskanzlerin.

„Echt? Ich hatte doch alles abgetaut und weggewischt", rechtfertige ich mich und spüre Blut in meinem Kopf aufsteigen. Dann bemerke ich das Malheur selbst. Zu beschäftigt war ich mit meinem Kofferproblem, dass ich nicht mehr in die Küche geschaut habe.

„Sorry, ich wische das Wasser schnell noch weg", entschuldige ich mich, husche nach draußen und finde zwischen meinen Sachen vor der Wohnungstür einen unbenutzten Putzlappen. Während ich die Pfütze wegputze, versuche ich mich rauszureden: „Das kommt hier jedesmal beim Abtauen vor. Man denkt, das Wasser wäre komplett weg und plötzlich ist da wieder eine Pfütze."

Als ich mit dem feuchten Lappen auf dem Küchenboden knie, fühle ich Frau Klein-Krämers missbilligenden Blick auf mir lasten.

„Auf dem Heizkörper ist übrigens noch Staub, auf den Heizungsrohren auch. So kann ich Ihnen die

Wohnung leider nicht abnehmen", tadelt sie mich und schießt mit ihrem Handy Fotos.

Ich stehe auf und erwidere: „Doch, das werden Sie tun. Ich bestehe darauf."

Dass um 22 Uhr die Fähre nach Malmö in See sticht, behalte ich für mich. Stattdessen betone ich mit Nachdruck: „Ich habe hier seit Tagen geputzt und alle Anbauten entfernt, wie es Ihre Hausverwaltung von mir verlangt hatte."

„Nein, Sie haben hier sicher nicht sauber gemacht. Am Fensterrahmen sehe ich auch noch Staub. Und haben Sie überhaupt jemals die Fenster geputzt?"

„Ja, habe ich."

Noch immer tut mir mein Rücken weh vom Schleppen, Schrubben und Möbelzerlegen. Daniel hat mir gestern Abend ein heißes Bad eingelassen, weil ich so erschöpft war.

„Sie haben hier gar nichts gemacht. Noch nicht mal die Wände haben Sie gestrichen", schnauzt mich Frau Klein-Krämer an und macht dabei Notizen für ihr Übergabeprotokoll.

„Moment mal, die Hausverwaltung hat mich in der Kündigungsbestätigung mit keinem Wort aufgefordert, hier vor meinem Auszug zu malern. Sie vermieten die Wohnungen doch eh nicht weiter, wenn jemand auszieht", verteidige ich mich und hoffe, dass die Situation schnell vergeht.

„Sie sind auf jeden Fall zum Renovieren der Räumlichkeiten verpflichtet."

„Alle anderen, die kurz vor mir ausgezogen sind, mussten auch nicht streichen. Galten für diese Nachbarn andere Regeln als für mich?", hake ich nach.

„Ich mache hier nur meinen Job und ich habe die Anweisung zu kontrollieren, ob Sie sich an die Vorschriften gehalten haben. Das haben Sie definitiv nicht!"

„Wenn Sie meinen. Dann renovieren Sie bitte selbst und verrechnen Sie es anschließend mit meiner Kaution."

„So was Freches habe ich ja überhaupt noch nicht erlebt!", schnauft Frau Klein-Krämer und watschelt zur Badezimmertür. Belämmert folge ich ihr. Als sie die Tür geöffnet hat, kommentiert sie: „Die Tür ist voller Flecken."

Ich seufze: „Ja. War sie schon bei meinem Einzug. Nicht mal mein schärfstes Putzmittel hat die Flecken weggekriegt."

„Wollen wir zusammen putzen? Dann zeige ich Ihnen mal, wie das geht", bleibt Frau Klein-Krämer auf Kurs und macht Fotos.

„Ja, versuchen Sie es, Frau Klein-Krämer. Sie werden es auch nicht schaffen."

„Dafür habe ich jetzt wirklich keine Zeit",

entgegnet sie pikiert. „Und wenn ich Ihnen für zukünftige Wohnungen einen guten Rat geben darf: Dokumentieren Sie Mängel gleich nach dem Einzug. Ihr alter Vermieter hat hier auch nicht viel gemacht."

„Richtig. Das ganze Haus ist total marode. Müll hat er lieber im Keller einbetoniert als entsorgt."

In Gedanken fahre ich fort: „Abreißen und neu bauen würde helfen."

Frau Klein-Krämer macht sich Notizen, öffnet die Toilette und erspäht meine Mini-Eckbadewanne, die es weder als Dusche noch als Badewanne geschafft hat, Wellness-Gefühle in mir zu wecken.

„Merkwürdige Konstruktion, diese Badewanne", meint Frau Klein-Krämer kopfschüttelnd und lässt ihre Handykamera walten.

Ich stimme ihr zu: „Besonders gemütlich war es wirklich nicht. Und stolpern Sie bitte nicht über die vielen Podeste und Stufen, die der alte Vermieter hier überall eingebaut hat."

„Teppich im Bad. Wie kommt man denn auf so was?"

„Ja, Frau Klein-Krämer, das habe ich mich auch oft gefragt", sage ich.

Die Mitarbeiterin der Hausverwaltung seufzt und watschelt zum nächsten Raum: in mein ehemaliges Schlafzimmer. Ich schalte das Licht im

Badezimmer aus.

„Ich nehme an, das kleine Zimmer war Ihr Schlafzimmer?", fragt mich Frau Klein-Krämer monoton.

„Ja, genau."

„Auch hier nichts gemacht. Nicht gestrichen und auf der Fensterbank Staub."

Mir fällt auf, dass ich den Putzlappen noch in der Hand halte. Ich wische das Fensterbrett ab.

„Das hatte ich eigentlich schon gemacht, aber jetzt müsste der Staub weg sein", reagiere ich äußerlich cool, obwohl ich innerlich geladen bin wie eine Granate. Nie wieder werde ich in dem leeren dunklen Zimmer schlafen. Dieser Gedanke beruhigt mich ein bisschen.

Nachdem Frau Klein-Krämer meine Ex-Kemenate mit gerümpfter Nase inspiziert hat, dringt sie zum Ende des Wohnungsflurs vor. Der lange Gang mündet ohne Zwischentür ins Wohnzimmer. Im größten Raum meiner Wohnung hallt jedes Wort, seit er ausgeräumt ist. Mein Blick aus den beiden Fenstern fiel auf eine graue Mauer. Nun erhasche ich sie zum letzten Mal. Meist konnte ich das Wetter draußen nur erraten.

„Wieviel Quadratmeter hat Ihre Wohnung?", will Frau Klein-Krämer wissen.

„51", verrate ich ihr.

Anscheinend notiert sie sich meine Antwort. Dann schießt sie wieder Fotos. Mein Herz pocht. Ich wünsche mir einen Zeitbeschleuniger, der mich direkt auf die Fähre am Skandinavienkai von Travemünde katapultiert.

„Können Sie mir auch bitte Ihre neue Adresse für die letzte Betriebskostenabrechnung nennen?"

„c/o Daniel Liebelt, Nollendorfstraße 160 in 10783 Berlin", diktiere ich langsam. Daniel bekommt all meine Post, während ich jeden Monat in eine neue Unterkunft ziehe. Ich habe keine Ahnung, wann ich jemals wieder sesshaft werde.

„Geht es auch ein bisschen langsamer?", sagt Frau Klein-Krämer genervt und bewegt den Stift.

Ich wiederhole Daniels Adresse.

„Liebelt mit i oder ie?"

„Mit ie", helfe ich meiner letzten Besucherin des Jahres und einer ganzen Ära auf die Sprünge.

„Wo wohnt er?"

„Wie ich Ihnen schon in aller Deutlichkeit diktiert habe: in der Nollendorfstraße 160 in 10783 Berlin."

„Langsamer bitte!"

Schweigend frage ich mich, ob Frau Klein-Krämer mich absichtlich schikanieren will. Laut biete ich ihr an: „Vielleicht ist es einfacher für Sie, wenn ich die Adresse aufschreibe."

Ich strecke ihr die Hand entgegen, um den Stift zu übernehmen.

„Lassen Sie das", wehrt sie mich ab. „Das bekomme ich auch selbst hin."

Ich sage nichts mehr, gar nichts mehr, bis ich gefragt werde.

„Wie lange haben Sie hier gewohnt?", erhascht mich schon die nächste Frage.

„Auf den Tag genau 14 Jahre und elf Monate."

14 Jahre und elf Monate, in denen ich oft das Weite suchen wollte und von einer unsichtbaren Macht festgehalten wurde. Eine fast lebenslängliche Haftstrafe.

„14 Jahre und elf Monate! Während so einer langen Zeit hätten Sie wirklich mal renovieren können!", echauffiert sich Frau Klein-Krämer und lacht zynisch.

Ich wende mich ab und kontere: „Hätte, hätte, Fahrradkette!"

Wegen der Sinnlosigkeit, weiter mit Frau Klein-Krämer zu diskutieren, marschiere zu meinen Sachen im Hausflur. Im gleichen Moment schließt Herr Schönau von nebenan die Tür hinter sich ab.

„Guten Morgen", begrüße ich ihn.

„Guten Morgen. Na, ziehen Sie jetzt endgültig aus?"

„Ja, Wohnungsübergabe", erzähle ich. „Mit einer total unsympathischen Dame von der Hausverwaltung. Dass es so schlimm werden würde, hätte ich echt nicht gedacht."

„So schlimm? Was ist denn los?", fragt Herr Schönau.

Ich berichte: „Angeblich habe ich nicht gründlich genug geputzt. Und sie beklagt sich darüber, dass ich nicht renoviert habe."

„Soweit ich mich erinnere, hat Frau Haubner von unten bei ihrem Auszug auch nicht renoviert", meint Herr Schönau.

„Ja, richtig. Die Wohnungen sind allgemein in einem miserablen Zustand und ich soll anscheinend dafür zur Rechenschaft gezogen werden! Also, ich mache drei Kreuze, wenn die Tusnelda weg ist", sage ich mit gedämpfter Stimme.

Herr Schönau antwortet: „Dann wünsche ich Ihnen alles Gute. Wo auch immer es Sie nun hin verschlägt."

„Ich Ihnen auch!", rufe ich ihm nach, als er die schäbige Treppe hinabsteigt.

Nervös schleiche ich zurück in die Wohnung. Frau Klein-Krämer beäugt weiter mein Wohnzimmer, jetzt macht sie sich an einem der beiden Heizkörper zu schaffen.

„Ich lese noch Ihren Heizkostenverbrauch ab, dann

sind Sie mich los", verkündet sie mir.

Eine erste Welle der Erleichterung erfasst meinen Körper. Aus meinem Mund rutscht ein „Okay". Ich schaue auf die Uhr. Es ist schon fast halb zehn. In gut dreieinhalb Stunden fährt mein Zug. In der Zwischenzeit werde ich an der Spree spazieren gehen, einen Cappuccino bei Antonio trinken und mir beim vietnamesischen Imbiss Mittagessen holen. Ich hoffe, dass die letzten Stunden in Berlin ganz schnell vergehen. Der Tag wirkt endlos lang bis 22 Uhr. Fast so endlos wie dieser Moment mit Frau Klein-Krämer.

Gemächlich schreitet sie noch einmal von Raum zu Raum. Dann fragt sie mich: „Wurden dieses Jahr die Heizkörper schon mal abgelesen?"

„Ja, wie immer im Frühling", gebe ich ihr brav Auskunft.

„Wie kommt es dann, dass ich hier kaum Verbrauch sehe? Im Wohnzimmer nur 0,5. Das ist so gut wie gar nichts."

Ich zucke mit den Schultern: „Weil ich im Sommer nicht geheizt habe und der Herbst relativ warm war."

Frau Klein-Krämer lacht sarkastisch: „Natürlich haben Sie im Sommer nicht geheizt."

Eine mitleidsvolle Stimme flüstert mir zu: „Du weißt nicht, was für eine Laus ihr über die Leber gelaufen ist. Vielleicht hat sie Stress mit ihrem

Mann. Vielleicht hasst sie ihren Job. Oder sie hat einfach die Schnauze voll von der politischen Situation. Sei nachsichtig, das hat alles nichts mit dir zu tun."

Ich seufze: „Wie auch immer."

Frau Klein-Krämer entfleucht ebenfalls ein Seufzer: „Dann unterschreiben Sie bitte das Übergabeprotokoll. Es kann sein, dass Ihnen die Mängel nachträglich in Rechnung gestellt werden. Wir werden das mit dem Eigentümer klären."

Ich gebe ihr ein Autogramm und sage: „Jetzt noch die Wohnungsschlüssel."

Alle, die ich habe, ziehe ich aus der Hosentasche und erkläre: „Hier sind erstmal zwei Wohnungsschlüssel. Den dritten müsste Ihre Hausverwaltung haben. Ich hatte ihn für Notfälle beim alten Vermieter im Büro hinterlegt."

„Das werden wir überprüfen", erwidert Frau Klein-Krämer kalt.

„Ja, tun Sie das. Hier habe ich noch den Briefkastenschlüssel, den Schlüssel für die Haustür, für die Waschküche und den Abstellkeller."

Frau Klein-Krämer dreht und wendet die Schlüssel und begutachtet sie mit einer Mischung aus Erstaunen und Entsetzen, als hätte ich mein Schlüsselbund in eine Jauchegrube getunkt.

„Irgendwas nicht in Ordnung?", hake ich nach. „Das sind all meine Schlüssel. Und ich will sicher keinen davon behalten. Das können Sie mir glauben!"

„Diese Schlüssel gehören anscheinend nicht zu einer professionellen Schließanlage."

„Keine Ahnung", sage ich. „Bringen wir es jetzt einfach mal hinter uns."

„Ja, schon klar. Hatten Sie einen Kellerraum?"

Mein Herz klopft wieder schneller. Ich hole zu einer Notlüge aus: „Nein, ich habe mein Fahrrad im Keller abgestellt."

Das ist tatsächlich die Wahrheit, doch meinen Musikraum verheimliche ich ihr. Einen Gang in den düsteren Keller mit Frau Klein-Krämer möchte ich um jeden Preis verhindern.

„Gut, dann war es das", gibt sie mir Entwarnung.

29. Dezember 2020, 9:35 Uhr

Mit einem Häuflein Stoff unter dem rechten Arm marschiere ich zum Altkleidercontainer am anderen Ende der Straße. Inzwischen ist es hell geworden. Die ersten Sonnenstrahlen des Tages wärmen meine Gesichtshaut. Eine Wohltat, nachdem ich in Frau Klein-Krämers Gegenwart im fliegenden Wechsel geschwitzt und gefröstelt habe. Auf dem Stromkasten an der Kreuzung kleben zwei Sticker.

„Es gibt keine Pandemie", schreit einer der beiden Aufkleber mit roten Buchstaben.

„Der Impfstoff wird an uns getestet", steht auf dem zweiten. Anscheinend wohnen noch ein paar intelligente Menschen im Kiez, denke ich. Ich gehe ungefähr hundert Meter weiter und spende zwei Handtücher, ein Oberteil, meine schwarze Tunika und eine Strumpfhose dem Roten Kreuz. Schade um die Sachen, aber wenn der Koffer voll ist, dann ist er voll. Lieber sortiere ich ein paar Kleidungsstücke aus als Arbeitsgeräte wie die Laptops oder den Drucker.

Vom Altkleidercontainer geht es direkt in den Supermarkt. Im Rucksack trage ich vier leere Pfandflaschen bei mir.

„Aufgrund der aktuellen Situation schließen wir im Januar bereits um 21 Uhr", lässt mich ein Schild am Eingang wissen. Daneben hängt das alles dominierende Maskenpflicht-Zeichen, das aussieht wie ein Schafgesicht.

„Zutritt ohne Einkaufswagen verboten", maßregelt ein drittes Schild die Kundschaft.

Ich ziehe meine grüne Löchermaske aus der Jackentasche und dekoriere damit Mund und Nase. Die Luft von außen dringt weiter ungeniert in meine Lunge ein. Ich hole mir auch einen Einkaufswagen, obwohl ich nichts kaufen werde. Dann umkreise ich den Präsentierteller-Tisch für Desinfektionsmittel, vor dem ein kreisrunder roter Aufkleber am Boden „2 Meter Abstand halten!" brüllt.

Ohne den vielen vermummten Gesichtern mit blauen Einwegmasken Beachtung zu schenken, bahne ich mir zügig meinen Weg zum Pfandflaschenautomat.

Wenn ich Gesichtswindeln zu intensiv beachte, werde ich innerlich aggressiv. Solch eine Designermaske wie meine habe ich in Berlin kein zweites Mal gesehen. Die Verkäuferinnen lassen mich in Ruhe. Einmal male ich mir eine knallrote Maske ins Gesicht und gehe mit dem Kunstwerk einkaufen. Keiner meckert mich an. Nachdem der Berliner Senat im Sommer Bußgelder für Maskenverweigerer eingeführt hat, verhülle ich mich monatelang mit einem Schlüpfer aus roter Spitze. Sogar vor schwarzuniformierten Polizeitruppen und bei der Sicherheitskontrolle am

Flughafen Tegel.

Ich schiebe meine letzten Flaschen in den Automaten und stecke den Pfandbon in die Spendenbox für das Berliner Tierheim. Traurig denke ich an die Hunde, Katzen und all die anderen Tiere, für die ich jahrelang meine Pfandbons gesammelt habe. Dies war mein letzter. Und mein letzter Weg mit einem Einkaufswagen zu einer leeren Kasse, an der es für mich nichts mehr zu bezahlen gibt. Ich beeile mich, die zähe Maskenenergie lastet auf meinen Schultern. Wann bin ich zum letzten Mal gemütlich durch ein Geschäft gebummelt? Ich habe es vergessen. Schnell navigiere ich an der Kassiererin hinter Plexiglas vorbei. Stundenlang atmet sie unter der Vermummung ihr eigenes CO_2 ein und schaut schon jetzt betrübt durch ihre Brillengläser.

„Schönen Tag", wünsche ich ihr. Dann tausche ich den Einkaufswagen gegen meine 50-Cent-Münze ein und entblöße im Freien mein Gesicht. An einem Mülleimer klebt ein Sticker mit der Aufschrift „Stop the panic!".

29. Dezember 2020, 9:50 Uhr

Ich habe das dringende Bedürfnis, nochmal mit Daniel zu quatschen. Er meldet sich nicht. Sicher hat er sich nach unserem Abschied wieder aufs Ohr gelegt. Ich hätte mich gerne über meine seltsame Begegnung mit Frau Klein-Krämer ausgekotzt. Vermutlich ist es für meinen Gemütszustand besser, dass er nicht ans Telefon geht. Wenn ich mich auskotze, widme ich Frau Klein-Krämer Aufmerksamkeit, die sie nicht verdient hat. Ich halte auch gefühlt 150 Kilometer Abstand zum nächsten Fernseher.

An der Bushaltestelle verschwendet das Bundesministerium für Gesundheit Steuergelder für Propaganda: „AHA + A. Der doppelte Schutz gegen Corona. Abstand, Hygiene, Alltagsmaske + App."

Auf der anderen Straßenseite lese ich: „Abstand halten! Hände waschen! Maske tragen! Regelmäßig lüften! Kontakte reduzieren! App benutzen! AHA!"

A-ha ist eine norwegische Popgruppe.

Ich biege in die Elberfelder Straße ab. Mein üblicher Weg zur Spazierstrecke an der Spree. Mein Lieblingsitaliener an der Ecke Dortmunder Straße wirkt verwaist. „Seit dem 2. November 2020 liefern wir bis auf Weiteres nur noch Essen außer Haus. Sie können zwischen 17 und 19 Uhr Bestellungen aufgeben."

Das Schild an der Tür wird dort wohl noch sehr lange hängen. Davor hat jemand eine Gesichtswindel entsorgt.

Im Sommer sammele ich auf den Straßen im Kiez tütenweise Masken und schicke die Ausbeute an hochrangige Panik-Politiker, die Charité und das Robert-Koch-Institut. Mit der Forderung, endlich ein Gesetz zu erlassen, dass infektiöse Alltagsmasken in den Sondermüll gehören. Ich fühle mich durch die Virenlast im Maskenmüll auf der Straße gefährdet. Niemand antwortet mir, der besorgten Bürgerin. Noch immer verschmutzen achtlose Maulkorbträger die Umwelt.

Im Sommer war das italienische Restaurant an warmen Abenden brechend voll. Bis Ende August hatte ich hier im Kiez eine Freundin. Sie heißt Elke. Wir trafen uns manchmal zum Essen. Sie riss sich darum, ihre realen Kontaktdaten in die Liste für die Regierung einzutragen.

„Ich mag Merkel", betont sie. Zwei Tage vor der großen Demonstration mit der geschichtsträchtigen Rede von Robert Kennedy jr. an der Siegessäule bezeichnet mich die diplomierte Psychologin als Nazi. Dass ich zu dem Verein gehöre, weiß ich übrigens erst seit 2020. Zu meiner Überraschung, nach der ich ihr die Freundschaft kündige.

Ich gehe weiter und verbanne Elke aus meinem Kopf. An der Steinbalustrade über der Spreepromenade erkenne ich noch schwach den mit oranger Graffiti-Farbe gesprühten Satz „Alles wird gut". Dann steige ich die Stufen hinab.

Die Mülleimer neben den Bänken quellen wie immer über. Zwei Krähen zerren auf der Suche nach Futter einen Pizzakarton aus dem Abfall. Die Sonne scheint mir ins Gesicht. Ich schaue in den blauen Himmel und fühle, wie eine schwere Last von mir abfällt. Es war die richtige Entscheidung, die Wohnung zu kündigen. Ich bin erleichtert, dass Frau Klein-Krämer zum letzten Mal die Tür hinter mir verschlossen und mir sämtliche Schlüssel abgenommen hat. Am Ende war es ein Kinderspiel, diesen langen, merkwürdigen Abschnitt meines Lebens loszulassen.

Mein Handy gibt einen Ton von sich. Meine Mutter schreibt mir WhatsApp: „Na, bist du traurig, dass du heute alles hinter dir lässt?"

Sie beendet die Frage mit einem weinenden Emoji.

Ich tippe ins Antwortfeld: „Ja, ich war traurig, als ich mich heute Morgen von Daniel verabschiedet habe. Ansonsten bin ich glücklich, die Wohnung los zu sein und Berlin auch bald."

Lachendes Emoji.

Nach ein paar Schritten am Wasser bekomme ich die nächste Nachricht: „Die Wohnung war wirklich kein Wohlfühlort. Und du wirst Daniel sicher irgendwann besuchen. Gute Freunde vergisst man nicht."

Ich bin erstaunt über meine Mutter, die eine 180-Grad-Wendung gemacht zu haben scheint. Anfang Dezember wäre sie aus Angst und Sorge um ihre einzige Tochter fast gestorben. Sie wollte mich mit Gewalt in Deutschland halten und terrorisierte mich sogar nachts mit WhatsApp-Nachrichten und Anrufen. Sie könne meinetwegen nicht schlafen. Einmal texte ich zurück: „Ich glaube, du hast dich auf eine Baustelle verirrt, die nicht deine ist. Gerechtfertigt wäre das nur, wenn du minderjährige Kinder hättest!"

Das Team aus dem schicken Hotelrestaurant mit Spreeblick hat Botschaften an die Fensterscheiben geklebt:

„Lösungen statt Lockdown!"

„2021 wird alles besser. Hoffentlich!"

„Wir müssen reden, Frau Merkel!"

„Diskurs statt Kontrolle!"

„Wir wollen wieder arbeiten!"

Auf dem Spielplatz neben dem Hotel tollen ein paar Kinder herum. An einem Laternenpfahl spricht der nächste Aufkleber zu mir: „#mitsicherheitunfrei. Grundrechte schützen? Ist mir sowas von Merkel!"

Ente müsste man sein, denke ich beim Anblick der Entenpaare auf dem Fluss. Ich folge der Spree fast bis zum Hauptbahnhof und schleppe nur einen Gedanken mit mir rum: Danke, Corona, für diese Chance.

Nachdem ich die Brücke zum anderen Ufer überquert habe, marschiert ein Schwadron von Polizisten in schwarzen Uniformen die Uferpromenade entlang. Das Polizeiaufgebot vor dem Kanzleramt ist seit Herbst mächtig erhöht worden. Beim Anblick des Führerinnenbunkers bäumt sich eine Mauer aus vergifteten Schwingungen vor mir auf. Ich atme schwer, die Energie ist nun viel erdrückender als vor ein paar Wochen.

„Mach bloß, dass du wegkommst. 2021 wird es noch finsterer in Deutschland", flüstert meine innere Stimme. Wie weit ist das Land noch von Konzentrationslagern entfernt, wenn eine Kanzlerin Regierungskritiker ohne Konsequenzen als „Verschwörungstheoretiker" und „psychisch gestört" titulieren darf? Seit Oktober zensiert YouTube auch meine Videos. Wer die Bundesregierung in Frage stellt, wird gelöscht. Immer mehr Nachrichtenkanäle verschwinden vollständig. Ärzte halten die Klappe, weil sie um ihre Zulassung fürchten.

Im Biergarten an der schwangeren Auster, wie man die Kongresshalle liebevoll nennt, habe ich oft mit

Elke Berliner Weiße und Aperol Spritz getrunken. Auch im Sommer 2020. Wochenlang versuche ich, die Spaltung von uns abzuwenden, vermeide politische Gesprächsthemen. Entweder ist man schwurbelnder, rechtsextremer Corona-Leugner oder Schlafschaf. Zwischen den beiden Gruppen existiert nichts mehr. Nur noch Schwarz und Weiß.

Kurz vor Weihnachten treffe ich Elke zufällig an der Kasse im Biomarkt in der Turmstraße. Von hinten und mit Maske erkenne ich sie nicht. Mir fällt nur auf, dass sie eine Tomate in ihrem Einkaufskorb liegen gelassen hat.

„Entschuldigung, Sie haben da was vergessen", spreche ich sie an. Elke dreht sich um und glotzt mich an, als säße auf meiner Stirn eine fette Spinne. Dann begrüßen wir uns einsilbig, es ist mir furchtbar unangenehm und ihr anscheinend auch. Nach dem Bezahlen rennt sie aus dem Laden, ohne sich nochmal umzuschauen.

Jetzt schirmen Barrikaden Schloss Bellevue von der Straße ab. Vor dem Zaun patrouillieren schwer bewaffnete Polizisten. Ich sehe die Barrikaden dort zum ersten Mal. Es gab eine Zeit, da war es möglich, über den Rasen vor dem Sitz des Bundespräsidenten zu laufen. Vor wem hat das Regime Angst? Vor den friedlich singenden Querdenken-Sympathisanten, die auf der Straße brav ihre Masken aufsetzen, ihren Namen tanzen und beim Demonstrieren artig Abstand halten?

Im Tiergarten sind trotzdem noch viele Spaziergänger unterwegs. Zu viele, um im Gebüsch Pipi zu machen. Vielleicht lässt mich Antonio kurz in seinem Café pinkeln. Unter der Brücke beißt Uringestank meine Nase. Zwischen Müll und Plastiktüten fristen Obdachlose in Iglu-Zelten ihr Dasein. Auf Matratzen haben sich Menschen in Schlafsäcken eingemummt. Obdachlosigkeit ist natürlich im Vergleich zu Corona ein Fliegenschiss. Deutsche haben die Pflicht zu leugnen, dass Corona-Viren seit Jahrzehnten bekannt sind, fleißig mutieren und bei jeder Grippewelle mitmischen. Ich toleriere ihr Dasein, weil ich mich gesund ernähre und meinem Immunsystem vertraue. Die meisten obrigkeitstreuen Bundesbürger finden es okay, dass die Kanzlerin im Alleingang Grundrechte aushebelt. Mein eigener Bruder unterwirft sich dem Diktat von Merkel und seiner Frau. Ich bin gespannt, wie er sich in einigen Jahren vor meiner 2019 geborenen Nichte Margarete rechtfertigt, wenn sie ihn fragt: „Papa, warum hast du nichts getan?"

Ich hoffe, dass sie dann noch in der Lage sein wird, Fragen zu stellen. Seit 2020 schwant mir, wie sich die Mitglieder meiner Familie 1933 verhalten hätten. Sie hätten alle gekuscht.

Ich schaue auf mein piepsendes Handy und lese einen neuen YouTube-Kommentar: „Fühlst du dich jetzt auch wie Sophie Scholl, du dumme Votze?"

Dann blockiere ich das Profil des Absenders M. Z. und exe den Kommentar. Votze ist anscheinend das Lieblingswort meiner Hater, von denen viele männliche Profilbilder haben. Über 95 Prozent der Kanalbesucher sind laut Analytics Männer.

29. Dezember 2020, 11:40 Uhr

Oft habe ich mir im argentinischen Café Antonio in meiner Ex-Straße Cappuccino und Alfajores mit Kokos und Schokoladenfüllung gegönnt. Ich liebe es, auf den bunten Sofas zu entspannen und argentinischem Tango zu lauschen. Antonio hat beim Backen seiner Doppelkekse den Dreh raus. Seit dem 2. November darf er sie nur noch außer Haus verkaufen. Je länger der zweite Lockdown dauert, desto trauriger wirkt Antonio, mit dem ich ab und zu im Hinterzimmer des Cafés Salsa und Bachata getanzt habe. Im Sommer verdonnerte ihn das Ordnungsamt zu 55 Euro Bußgeld, weil er Gäste ohne Maske bedient hatte. Vereinsamt und maskiert steht er nun hinter seinem Tresen, als ich zum letzten Mal mit löchrigem Stoff über Mund und Nase die Glastür zu seinem Laden öffne.

„Hola!", begrüßt er mich. „Como estás?"

„Hola Antonio. Ich bin gekommen, um mich von dir zu verabschieden. Ich gehe weg von hier."

„Was? Wirklich? Das ist ja schade", antwortet er mir mit seinem spanischen Akzent.

„Nein, das ist genau richtig. Vorher möchte ich aber noch einen Cappuccino bei dir kaufen."

Ich sehe Trauer in Antonios dunkelbraunen Augen.

„Muy bien", sagt er und ich frage ihn: „Darf ich

mal deine Toilette benutzen? In meine alte Wohnung kann ich nicht mehr rein."

„Sí, claro."

Als ich meine Blase endlich geleert habe, steht mein Kaffee in einem Pappbecher auf dem Tresen.

Ich bedanke mich bei Antonio: „Muchas gracias für die vielen netten Momente in deinem Café. Ich wünsche mir so sehr, dass du diese Zeiten überstehst und bleiben kannst."

„Ja ...", seufzt Antonio und schaut mich betreten an.

„Danke auch für die beiden Alfajores, die du mir neulich geschenkt hast. Du bist ein toller Bäcker. Du verdienst es, dass bald wieder ganz viele Leute zu dir kommen und hier im Café sitzen."

„Das kann niemand gerade", sagt er verhalten.

„Ja, ich weiß. Und ich hoffe, dass die Regierung dafür zur Rechenschaft gezogen wird. Ich kann leider gerade nichts anderes tun als abzuhauen."

Dann fische ich 2,50 Euro aus meinem Portemonnaie und lege sie auf den Tresen.

Antonio und ich fallen uns in die Arme, drücken uns fest und verabschieden uns voneinander: „Adios."

Ich nehme mir den Cappuccino und stelle mir auf dem Bürgersteig vor, wie ich irgendwann nach

Moabit zurückkehre und checke, ob das Café Antonio noch existiert. Vor meinem inneren Auge knalle ich gegen eine neblige graue Wand. Eigentlich will ich für immer fortbleiben.

Kaffee trinkend spaziere ich durch den Kiez und visualisiere eine goldene Lichtwolke, die mich von meiner bedrückenden Umgebung abschirmt. Mindestens ein Drittel der Moabiter bedeckt draußen Mund und Nase. An den Türen und Fensterscheiben der geschlossenen Geschäfte kleben Überbleibsel aus „Lockdown light"-Zeiten:

„Zutritt nur mit Maske."

„1,5 Meter Abstand halten und Maske tragen."

Ein Haus weiter werden von den vertriebenen Kunden zwei Meter Abstand verlangt.

„Bußgeld für Maskenmuffel", warnt ein weiterer Ladenbesitzer, den dieses Schild auch nicht vor der Schließung bewahren konnte.

Dann schreit mich die Schlagzeile einer Zeitung an: „Berlins Impfpläne für die Ü90-Generation."

In der Turmstraße hat der Berliner Senat neue Straßenschilder angebracht: „Hier Maskenpflicht im Freien."

Mein gelöcherter Pestlappen bleibt in der Jackentasche, während ich an der Ampel die Straße überquere. Auf der anderen Seite bietet der vietnamesische Imbiss Tagesgerichte zum

Mitnehmen an. Die Betreiber haben vor dem Lockdown nie nach meinen Kontaktdaten gefragt. Das Pärchen kocht maskenlos und hat mich bei früheren Besuchen kein einziges Mal ermahnt, mich beim Gang zum Tisch zu verhüllen.

Ich bestelle ein rotes Kokoscurry mit Reis, Gemüse und Tofu. Meine Armbahnuhr zeigt zwölf. Noch genug Zeit zum Essen im alten Hausflur, bevor ich die Taxizentrale anrufe.

29. Dezember 2020, 12:10 Uhr

Ich gebe den Türcode an der Haustür ein: 4711 und das Glockenzeichen. Die Zahlenkombination, an der unzählige Paketboten im Laufe der Jahre verzweifelt sind, ist der Grund, weshalb ich das Haus noch betreten kann. Im Erdgeschoss des Hinterhauses fläze ich mich in den staubigen Korbsessel. Er steht in der Ecke neben dem verschlossenen Büro meines verstorbenen Vermieters. Unter meinen blauen Winterstiefeln liegt der gleiche schäbige bunte Läufer wie am 29. Januar 2006. Um mich herum wachsen dieselben staubbedeckten Plastikpflanzen, die mich jeden Tag mit ihren trüben dunkelgrünen Blättern empfangen haben.

Ich betätige den Lichtschalter und pule den Deckel von der Aluschale, die mein Mittagessen warm hält. So wenig Appetit wie heute hatte ich schon lange nicht mehr, obwohl das Kokoscurry verführerisch duftet. Mir ist flau im Magen. Trotzdem greife ich zu dem weißen Plastiklöffel und schaufele das Essen in mich hinein. Es schmeckt genauso lecker wie immer und doch anders. Vielleicht liegt es daran, dass ich es sonst im Imbiss auf einem Porzellanteller verspeist habe. Wen interessiert, dass Merkels sogenannter Lockdown Unmengen von Müll produziert? Pestlappen-Berge, Aluschalen für Lieferessen,

Plastikbesteck, Pizzakartons, Wegwerfbecher für Kaffee „to go" ... Eines meiner Lieblingsgerichte wird zur reinen Nahrungsaufnahme degradiert, denn ich weiß nicht, wo ich vor der Fähre das nächste Mal Essen kaufen kann. Ich habe keine Ahnung, ob die Geschäfte an den Umsteigebahnhöfen offen sind. Also fülle ich meinen Magen und gebe mir Mühe, es zu genießen. Ich bin dankbar, dass es noch möglich ist. Die alternativen Medien auf Telegram warnen schon seit Monaten vor einem Zusammenbruch der Lieferketten, geschlossenen Supermärkten und Stromausfällen. Legt euch Vorräte für ein halbes Jahr an, predigen sie. Kauft euch haltbare Lebensmittel, Dosenbrot. Was ist, wenn sie Recht haben in dieser Zeit, in der nichts mehr sicher und planbar ist? In Gedanken bete ich leise vor mich hin, dass mir meine Ausreise gelingt. Kann ich meiner inneren Stimme vertrauen, die mir sagt, dass am Ende alles gut wird?

Ich schalte noch einmal das Licht an, nachdem es automatisch erloschen ist. In diesem Haus regiert Dunkelheit. Es gibt keine Tageszeit, zu der man ohne künstliche Beleuchtung auskommt. Seit ein paar Jahren schlucke ich täglich Vitamin B und D. Seitdem bin ich vor depressiven Verstimmungen und Heulkrämpfen gefeit. Wochenlang habe ich im Wohnzimmer ein Räucherstäbchen nach dem anderen angezündet. Umgeben von den Düften fühlte ich mich freier und entspannter in der

Wohnung. Jetzt bin ich aus dem Knast entlassen und hoffe, dass mir im Hausflur keiner der anderen Insassen mehr begegnet. Ich putze den Rest meines Currys weg und werfe die Plastiktüte inklusive Alumüll, Löffel und Servietten in den schwarzen Container im Hof. Wieder mal ist er am Überquellen. In Berlin leben angeblich mehr Ratten als Menschen, habe ich irgendwann mal gelesen.

Anscheinend bin ich zäh gewesen wie eine Ratte. Fast 15 Jahre habe ich die erdrückende Energie der Stadt überlebt. Endlich gehe ich zum letzten Mal die Treppe zu meiner Ex-Behausung hoch.

Oben im zweiten Stock erwarten mich mein Koffer, mein Keyboard und mein Rucksack. Alles, was ich nach den Knüppeleien der letzten Tage mit Hexenschuss noch tragen kann. Ich schleppe jedes Teil einzeln nach unten. Der Koffer ist ein Brocken und in 24 Stunden fühle ich mich vermutlich stark wie Pippi Langstrumpf. Ja, in 24 Stunden werde ich mich in Pippis Heimatland zurücklehnen, meine Arme und Beine weit von mir strecken und mir für meine Leistung auf die Schulter klopfen. Schütze mich bis dahin, lieber Gott!

Die Keyboard-Tasche hänge ich mir über die linke Schulter. Auch nicht gerade ein Leichtgewicht. Schwer ist auch der mit Kosmetik und Büchern vollgestopfte Rucksack. Meine Wasserflasche nehme ich in die Hand. In keinem Gepäckstück ist mehr Platz dafür. Wenn die Wege auf den

Bahnhöfen, im Fährterminal und nach meiner Ankunft kurz sind, könnte ich es schaffen. Ansonsten bitte ich Leute um Hilfe. Jetzt bestelle ich bei der Taxizentrale erst einmal ein Fluchtauto. In fünf Minuten soll es vor dem Haus ankommen, sagt mir die Dame am anderen Ende der Leitung.

Ich warte auf der gegenüberliegenden Straßenseite und werfe einen letzten Blick auf das Haus, das im Gesamtbild der Straße völlig deplatziert wirkt. Alle anderen Gebäude sind vier oder fünf Stockwerke hoch. Die Bomben der Alliierten haben das Vorderhaus 1943 auf zwei Etagen gestutzt und den rechten Seitenflügel in Schutt und Asche gelegt. An der schäbigen sandbraunen Fassade rankt dichter Efeu, der sich im Laufe der Jahre tief in den Putz gefressen hat. Von der dunkelbraunen Haustür blättert die Farbe ab. An den beiden Balkonen im ersten und zweiten Stock nagt auch der Zahn der Zeit. Noch nie in all den Jahren meines Berliner Lebenskapitels habe ich Menschen auf ihnen sitzen gesehen. Energetisch hat der Zweite Weltkrieg innerhalb des Gemäuers nie aufgehört.

Wegen morscher Decken und Hellhörigkeit war ich seit 2007 verdammt, im Luftschutzbunker hinter einer schweren Eisentür Musik zu machen. In den ersten Jahren fühlte ich mich im Keller sicher wie ein Baby im Mutterleib und super kreativ, in den letzten Monaten nur noch genervt. Meine Geburt war lang und kompliziert. Ich habe sie mir wohl selbst erschwert. Nun schieße ich ein letztes Foto von der Kriegsruine und sehe aus den Augenwinkeln, wie ein Taxi angerollt kommt.

29. Dezember 2020, 12:36 Uhr

Ein arabisch wirkender Mann steigt aus dem beigen Mercedes. Seine untere Gesichtshälfte steckt unter einem blauen OP-Mundschutz. Als er den Kofferraum öffnet, sage ich: „Den Koffer heben wir am besten zusammen an. Er ist sehr schwer."

Der Taxifahrer packt den Griff am oberen Ende. Ich fasse von unten an. Es ist ein Kraftakt. Sobald es Frühling wird in Schweden, werde ich die dicken Wintersachen zu meiner Mutter schicken. Diese Zeit scheint mir noch ganz weit weg. Ob ich bis dahin in Malmö bleibe, steht in den Sternen.

Als wir mein Gepäck verstaut haben, gleite ich wie ein Sack auf den schwarzen Ledersitz hinter der Plastikplane. Der Fahrer gibt Gas und ich atme tief ein und aus. Ich fühle nichts außer ein bisschen Erleichterung.

„Verreisen Sie lange?", fragt mich der Mann am Lenkrad.

„Sehr lange", antworte ich cool.

Im Autoradio spricht Merkel: „Wir werden uns noch sehr lange auf harte Maßnahmen einstellen müssen."

Ich stelle meine Ohren auf Durchzug. Diese Stimme triggert Aggressionen in mir. Tief atme ich in den Bauch ein, das beruhigt mich. In über 15

Jahren Kanzlerschaft habe ich es erfolgreich vermieden, Merkel zu oft zuzuhören.

„Frauen an die Macht!", polterte ich als Teenager.

„Sei vorsichtig mit deinen Wünschen, denn sie könnten wahr werden", denke ich jetzt, während die tristen Moabiter Hausfassaden an mir vorbeiziehen. Unter der dicken Wolkendecke am Himmel wirkt der Stadtteil besonders trostlos. An der Bushaltestelle am U-Bahnhof Turmstraße warten Maskierte.

Das Taxi bringt mich zum Washingtonplatz vor dem Hauptbahnhof.

„12,30 Euro", sagt der Fahrer.

Ich gebe ihm 15 und antworte: „Stimmt so."

Ein paar Regentropfen fallen auf mein Gesicht, als ich aus dem Auto steige. Der Taxifahrer und ich holen meine Sachen zusammen aus dem Kofferraum.

„Gute Reise", wünscht er mir.

Ich schnalle mir den Rucksack auf, lege den Trageriemen der Keyboard-Tasche über die linke Schulter und schiebe den Koffer mit der rechten Hand senkrecht stehend neben mir her. In der linken halte ich meine Wasserflasche. Ich bin oft gereist, doch niemals mit solch schwerem Gepäck. Ja, ich bin oft gereist und sonst immer nach Berlin zurückgekehrt. Auf dem Asphalt vor der Drehtür lese ich: „Corona ist nicht das Problem."

Ein klar denkender Mensch hat den Satz kurz vor Ostern mit Graffiti-Farbe auf den Boden gesprüht, jetzt sind die roten Buchstaben verblasst. Kräftiger leuchten die Benimmregeln an der Glasfassade. Das weiße Schafgesicht auf rotem Untergrund. Maskenzwang. Abstand halten. Mindestens 1,5 Meter. Alles knallrot. Schwarzuniformierte Polizisten mit weißen FFP2-Masken schleichen wie Schakale durch die Bahnhofshalle. Von Weitem wirkt meine grün gehäkelte Löchermaske wie ein Original und ich wie eine von vielen Deutschen im Weihnachts-Rückreiseverkehr. Maskengesichter mit Koffern und Reisetaschen wuseln durcheinander. An der Desinfektionsstation sprüht sich eine vierköpfige Familie mit zwei kleinen Kindern chemische Substanzen auf die Hände. Die Eltern haben auch die Kleinen vermummt. Den bedrückenden Anblick und den Wegweiser zum Covid-Testzentrum lasse ich schnurstracks hinter mir. Ich schleppe mich zur Rolltreppe, die runter zu Gleis 8 fährt. Zum Eurocity nach Hamburg, Abfahrt 13:03 Uhr. Ich bin dankbar für die Erfindung der Rolltreppe.

Auf halber Strecke zum Tiefbahnhof sehe ich, dass mir eine korpulente kurzhaarige Frau mit Brille zuwinkt. Es ist Andrea! In den letzten fünf Jahren ist sie mir öfters bei Business-Treffen für Frauen über den Weg gelaufen. Andrea ist fast 60 und träumt schon lange davon, als digitale Nomadin im

Bulli durch Spanien zu reisen. Seit ich ihr erzählt habe, dass ich Berlin verlasse, haben wir regelmäßig Kontakt. Wir tauschen uns aus, wälzen Ideen, in Zukunft wohl nur noch per Zoom-Call.

„Hallo Auswanderin!", ruft sie mir ausgelassen zu und strahlt über ihr rosiges Gesicht. Ihre Stoffmaske mit Notenmuster hängt unter ihrem Kinn. Ich war noch nie so erfreut, Andrea zu sehen wie in diesem Moment. Sie ist in die City gekommen, obwohl sie sich eigentlich im Grunewald am wohlsten fühlt.

„Hey, das ist ja eine Überraschung, Andrea! Bist du echt meinetwegen hier?", sprudelt es aus mir heraus, bevor ich sie umarme.

„Na klar, wegen wem denn sonst? Ich möchte doch winken und dir das hier geben."

Da sehe ich, dass Andrea eine Präsent-Tasche mit einem rosa Rosenmuster in der Hand hält.

„Gemeinsam gegen Corona. Im gesamten Bahnhofsgebäude und in den Zügen des Nah- und Fernverkehrs ist das Tragen einer Mund-Nasen-Bedeckung Pflicht. Halten Sie Abstand und verzichten Sie auf nicht notwendige Reisen", posaunt eine kalte weibliche Computerstimme über den Bahnsteig.

Derweil überreicht mir Andrea ihr Abschiedsgeschenk. Im gleichen Moment fährt ein tschechischer Eurocity ein. Meine Freude über das

Präsent ist größer als die Aggression, die Corona-Ansagen am Bahnhof immer noch in mir anstacheln: „Ganz, ganz herzlichen Dank, Andrea. Das ist so lieb von dir!"

„Gerne. Jede Frau, die aus der Matrix ausbricht, verdient Hochachtung. Und bei dir habe ich ein gutes Gefühl", meint Andrea.

„Ja, ich auch. Und weißt du was? All die negativen Menschen, die mir im Laufe der Jahre in Berlin begegnet sind, haben sich aus meinem Leben verflüchtigt. Seit Corona kenne ich nur noch nette Leute."

„Du hast halt deine Lektion gelernt."

Ich schlussfolgere: „Ja, der Krieg ist aus, zumindest mein persönlicher. Jetzt darf ich endlich in Frieden gehen, obwohl ich mir meinen Abgang irgendwie anders vorgestellt hatte."

„Also, du hast dieses Jahr eine unglaubliche Entwicklung durchgemacht, muss ich sagen. Ist gar nicht so lange her, dass du wie eine Soldatin zu jeder Demo gerannt bist. Dann kam die Rückbesinnung auf dich selbst."

Ich gebe ihr Recht: „Ja, ich hatte richtig Lust zu kämpfen. Hätte am liebsten Bomben aufs Regierungsviertel geschmissen! Bis mir die Sache im Sommer überdrüssig war! Mir ist klar geworden: Wir selbst haben den Schlüssel, um das Ding zu drehen. Wir müssen nicht bei der

Regierung darum betteln. Meine Lösung ist eben, dass ich von hier verschwinde."

„Was du schon seit Jahren vorhattest", sagt Andrea. „Apropos Verschwinden, ist das dein Zug, der gerade eingefahren ist?"

Ich schaue auf die Anzeigetafel und lese: „Eurocity nach Hamburg, Abfahrt 13:03 Uhr. Ich wusste nicht, dass der aus Tschechien kommt."

Andrea antwortet: „Dann würde ich jetzt an deiner Stelle ganz schnell einsteigen."

„Ja, gute Idee. Wir stehen übrigens genau vor dem richtigen Wagen. Ich habe mir gestern noch ein Upgrade für die erste Klasse besorgt. Hab keine Lust auf Gedränge mit dem schweren Gepäck. Und auf zehn Euro mehr oder weniger kommt es mir jetzt auch nicht mehr an."

„Kann ich gut verstehen."

Ich frage Andrea: „Kannst du mir helfen, den Koffer in den Zug zu tragen? Das ist ein ganz schwerer Brocken!"

„Aber sicher!"

Zuerst hebe ich mein Keyboard in den Wagon, dann schleppen wir den Koffer die drei Stufen hoch. Rechts neben der Tür zum Großraumwagen stellen wir die Sachen im Gepäckbereich ab. Als wir die gewichtige Angelegenheit erledigt haben, fragt mich Andrea: „Fährst du bis Hamburg?"

„Nee, ich muss in Büchen umsteigen. Von da geht es weiter bis Lübeck Hauptbahnhof und dann nach Travemünde Skandinavienkai."

„Toi, toi, toi", erwidert Andrea und klopft mir auf die Schulter.

„Also, ich mache drei Kreuze, wenn ich heute Abend auf der Fähre bin", seufze ich nach dem Kraftakt.

„Und vor allem, wenn du erst mal in Schweden bist!", lacht Andrea.

„Ja, genau. Das sowieso!"

„Und jetzt lass dich noch mal drücken."

Während die weibliche Computerstimme erneut die Menschen aufwiegelt, Abstand zu halten, umarmen wir uns schon zum zweiten Mal.

Nach unserem Abschied geht Andrea zurück auf den Bahnsteig und ich lasse mich in das bequeme Polster meines Fensterplatzes fallen. Ich fühle mich erschöpft und hellwach, fröhlich und gleichzeitig traurig. In diesem Zustand schaue ich in Andreas Präsent-Tasche und entdecke eine Dose Rosé-Sekt, Herzpralinen und eine Packung Taschentücher. An letzterer klebt eine Papiernotiz: „Falls dir unterwegs die Tränen kommen. Fühl dich gedrückt! Andrea."

Ich öffne den Sekt und proste Andrea durch die Fensterscheibe zu. Sie lächelt verschmitzt und winkt, als der Zug losfährt. Ich winke zurück und nehme den ersten Schluck.

29. Dezember 2020, 13:07 Uhr

Ich fotografiere die Sektdose und die Packung Taschentücher mit dem Handy. Dann schieße ich ein Selfie von meinem Gesicht hinter der grünen Löchermaske und poste alle drei Bilder in meinem WhatsApp-Status. Das tue ich nur weil meine Mutter wissen soll, dass ich noch lebe und dass es mir gut geht. Auf einem Ohr höre ich eine Durchsage: „Bitte bedecken Sie während Ihrer gesamten Reise Mund und Nase. Unser nächster Halt ist Wittenberge."

Aus dem anderen Ohr rinnt die Info in die Weiten des Wagons und versickert irgendwo im Nirgendwo. Der halbtrockene Sekt benetzt meine Zunge und steigt mir schon nach der Hälfte der Dose zu Kopf.

Die Landschaft rauscht rückwärts an mir vorbei. Im Berliner Umland schneit es, eine weiße Puderschicht liegt wie ein Schleier über den Feldern und Wiesen. Es ist ein ganz normaler Wintertag in Brandenburg, obwohl nichts mehr „normal" sein wird. Nie wieder. Ich erinnere mich an meine langen Radtouren durch die Mark Brandenburg und weine still vor mich hin. Wann werde ich diese wunderschönen Wälder, Seen und Wiesen jemals wiedersehen? Die Taschentücher, von denen ich am Bahnsteig noch glaubte, dass sie nie zum Einsatz kämen, erfüllen ihren Zweck nun schneller als gedacht. Dass ich im Sommer zurückkomme und mich in Potsdam, Werder oder nördlich von Berlin am Wasser niederlasse, ist wohl nur eine Illusion.

„Im Januar werden die Maßnahmen noch viel schlimmer. Es gibt hier demnächst auch Tote und der Impfzwang kommt durch die Hintertür!", warnt der Karl Klabauterbach in meinem Kopf.

Mein Handy vibriert. Ich nehme es und lese in den YouTube-Benachrichtigungen: „Verpiss dich aus Deutschland, dumme Fotze!"

Ein Teil von mir möchte Keilerlord2020 antworten, dass ich längst dabei bin, das sinkende Schiff BRD zu verlassen. Der andere Teil in mir siegt. Ich lösche den Kommentar und blockiere den Absender. Durch meinen Kopf schwebt ein Gedanke: „Schön, wie du den Linksfaschisten einen Spiegel vorhältst."

Dann wische ich mir die Tränen von den Wangen.

Ein maskierter Schaffner kontrolliert die Fahrkarten. Ich zeige ihm mein Ticket, überfliege die Reihen und sehe zwischen blauen OP-Masken vereinzelte schwarze und bunt gemusterte Stoffmasken. Meine Löchermaske trage ich nur aus einem Grund. Um auf den letzten Kilometern durch Deutschland meine Ruhe zu haben. Die Anfeindungen gegen Gesichts-Nudisten im Netz und in der Offline-Welt werden immer perfider. Nach der schlaflosen Nacht in Daniels

Wohnzimmer bin ich eh viel zu müde für Rechtfertigungen und Energie raubende Kämpfe. Meine Augenlider fallen zu. Wie ein schlaffer Sack döse ich vor mich hin. Mein vibrierendes Handy reißt mich aus meinem Dämmerzustand heraus.

„Bist du schon unterwegs?", kommentiert meine Mutter mein Zug-Selfie.

„Ja, alles gut", schreibe ich. „Jetzt geht es endlich nach Travemünde."

Ich packe das Handy in die Jackentasche und schließe wieder die Augen. Durch mein inneres Blickfeld huschen DDR-Flüchtlinge hinter dem Zaun der Deutschen Botschaft in Prag.

„Ich bin zu Ihnen gekommen, um Ihnen mitzuteilen, dass heute Ihre Ausreise ..."

Genschers Worte münden diesmal in einen Tränenausbruch. Die deutsche Wiedervereinigung war vermutlich ein abgekartetes Spiel des Deep States. Nichts Politisches passiert zufällig. Sehr verdächtig, dass kurz darauf wie aus dem Nichts eine Frau mit kalten Augen, Topffrisur und plumpen Klamotten in der Bundespolitik auftauchte. Helmuts Mädchen. Ich halte mir den Mund zu, um nicht laut zu schluchzen.

29. Dezember 2020, 14:33 Uhr

Schlaflos habe ich vor mich hin gedämmert. Ich würde gerne lesen, aber meine Bücher sind viel zu tief im Rucksack versunken – weit unter der vollgestopften Kosmetiktasche. Alles, was ich auspacke, muss ich auch wieder einpacken. Ich nehme einen Schluck aus meiner Wasserflasche. Am anderen Ende des Wagons kreischt schon seit über einer halben Stunde ein Baby.

Keine zehn Minuten mehr bis zum ersten Umsteigebahnhof. Ich werfe einen Blick auf meinen Koffer und bekomme einen Schreck. Über den Rollen klafft der Reißverschluss auseinander! Durch den Spalt erkenne ich meinen roten Pullover. Mein Herz beginnt zu rasen. Ich bin noch kein einziges Mal umgestiegen und schon ist mein Koffer kaputt?! Hastig ziehe ich mir den blauen Schal von der Taille und eile zur Gepäckablage. So schnell wie ich kann schnüre ich ihn um den Koffer, um die beiden Hälften wenigstens bis Malmö zusammenzuhalten. Ja, in Malmö werde ich mir bestimmt einen neuen Koffer kaufen müssen.

„Was für ein Scheiß!", fluche ich in Gedanken. Im nächsten Zug ist es sicher klüger, ihn waagerecht auf den Boden zu legen, damit meine Sachen nicht mehr von oben auf den Reißverschluss drücken.

„Schaff erst mal den Weg zum nächsten Zug!",

meckert mein innerer Kritiker. „Wer so viel Zeug einpackt, hat echt keine Ahnung vom Flüchten."

Ja, das Arschloch in meinem Kopf hat Recht. Ich habe keine Ahnung vom Flüchten und bin mindestens zehn Kilo zu schwer bepackt.

„Lösch dich DU DRECKSVIEH!!!!", lese ich nach der Rettungsaktion meines Koffers auf meinem Handy.

„Nächster Halt: Büchen. Sie haben Anschluss zur Regionalbahn nach Lübeck Hauptbahnhof um 15:02 Uhr auf Gleis 41. Der Ausstieg befindet sich in Fahrtrichtung rechts."

Jetzt habe ich keine Zeit mehr für die Trollscheiße auf YouTube. Ich suche meine Gepäckstücke zusammen und ächze zur Wagontür. Schneeregen klatscht aus grauen Wolken gegen die Fensterscheibe. Der Zug wird langsamer, mein Herz wummert und meine rechte Hand besudelt den schwarzen Koffergriff mit Schweiß. Der Rucksack und die Keyboard-Tasche reißen meine Schultern in die Tiefe. Meine Motivation, den Weg bis Gleis 41 zu schaffen, hat trotzdem die Höhe eines Wolkenkratzers. Darunter schwelt eine stinkende Glut aus Panik. Ich hasse dieses Gefühl. Die Horrorvision eines auseinanderklaffenden Koffers umgeben von verstreuten Kleidungsstücken am Bahnsteig in der norddeutschen Provinz verbanne ich aus meiner Gedankenwelt.

Der Zug stoppt. An vorderster Front stehe ich an der Tür, die zu klemmen scheint. Noch mehr Panik sitzt mir im Nacken. Sie zwingt mich, am Türgriff zu rütteln. Dann gibt er von selbst nach. Die Wagontür öffnet sich, ein nasskalter Wind weht mir entgegen. Ich flitze mit der Keyboard-Tasche auf den Bahnsteig und lege sie auf den nassen Asphalt. Im Eiltempo erklimme ich noch einmal die drei Stufen und schnappe mir meinen Koffer. Unter dem Gewicht stöhne ich und möchte aus voller Kehle schreien.

Büchen ist nur ein Dorf, doch vor mir offenbart sich ein endlos wirkender Bahnsteig. Schneeregen bläst mir ins Gesicht. Alle anderen Umsteigenden hasten an mir vorbei und ich trampele gefühlt auf der Stelle. Es kommt mir vor wie in einem Alptraum vor über zehn Jahren. Ich laufe verzweifelt vorwärts und bleibe trotzdem am gleichen Fleck kleben. Jetzt habe ich nicht einmal Zeit, mich zu kneifen. Ich bin längst wach. Die Regionalbahn nach Lübeck soll in zwölf Minuten abfahren und ich sehe weit und breit kein Gleis 41. Ich bin immer noch in der Mitte von Gleis 2. Der Riemen der Keyboard-Tasche rutscht mir zum wiederholten Mal von der linken Schulter. In dem Moment verkeilen sich die Koffer-Rollen im Rollsplitt auf dem Bahnsteig. Meine linke Hand umklammert die kürzeren Tragegriffe des Keyboards.

„Ja, wirf dein Keyboard in den Höllengrund, du

Votze. Du kannst eh nicht singen, du Covidiotin! Und was ich dir noch sagen will: Du siehst aus wie ein hässlicher Mann", erfindet ein Troll in meinem Kopf neue YouTube-Kommentare.

„Jetzt reicht's mir aber!", schimpfe ich im Flüsterton und fixiere mich auf den Aufzug am Ende des Bahnsteigs. Obwohl ich fluchen möchte, versuche ich ruhig zu atmen. Schritt für Schritt und lahmer als ohne Gepäck schaffe ich den Weg zum Fahrstuhl. Die Alternative ist eine steile Treppe.

Eine indisch aussehende Familie mit zwei kleinen Kindern hat sich auch für den Lift entschieden. Die Eltern tragen schwarze Stoffmasken, ihren Sprösslingen erlauben sie freies Atmen. Ein Mädchen mit lockigem Haar und schwarzen Kulleraugen schmiegt sich an seine Mutter. Der große Bruder neckt es in einer Sprache, die für meine Ohren exotisch klingt. Die Kleine verzieht ihr Gesicht zu einer Fratze und meckert. Der Junge lacht hämisch. Sein Vater weist ihn zurecht, während wir zusammen ins Untergeschoss fahren. Ein grauer Tunnel führt zu den Nachbargleisen. Ganz am Ende entdecke ich endlich den Aufzug und die Treppe zu Gleis 41. Die Familie geht in die gleiche Richtung.

„Fahrstuhl außer Betrieb", lese ich auf einem roten Schild an der Glastür.

„Hallo, können Sie mir helfen, den Koffer zu tragen?", rufe ich meinen vier Mitreisenden nach.

Sie reagieren nicht, sind schon längst auf den Stufen. Ich versuche es auf Englisch: „Hey, could you help me carry my luggage? Please!"

Der Vater dreht sich um und kommt auf mich zu. Er greift nach meinem Koffer und ich sage: „It's really very heavy. We should carry it together!"

„No, it's okay", beschwichtigt mich der Mann und schleppt meinen Koffer die Treppe hoch. Mit dem Keyboard und dem Rucksack auf meinen Schultern folge ich ihm und bedanke mich oben überschwänglich: „Thank you so much! This was so kind of you. I don't know what I would have done without you."

Er antwortet: „Never mind. Have a safe trip!"

Fünf Minuten bis zur Abfahrt und noch ungefähr hundert Meter liegen zwischen mir und der Regionalbahn nach Lübeck.

29. Dezember 2020, 15:11 Uhr

Es ist eine dieser kleinen, roten Regionalbahnen mit ebenerdigen Türen. Mein Koffer ruht waagerecht neben meinem Klappsitz im Fahrradbereich. Keine Radfahrer um mich herum zu sehen. Schräg gegenüber sitzt links von mir die indische Familie. Ich checke den Schal, schnüre ihn noch einmal fester um den Koffer. Auf dem langen Weg über den Büchener Bahnhof ist er ziemlich nass geschneit. Ich schicke meine Augen auf eine vergebliche Suche nach nackten Gesichtern. Bis zu dieser vorerst letzten Zugfahrt durch Deutschland habe ich nicht einmal eine Fake-Maske in der Bahn getragen.

Endlich sendet mir das Leben eine Antwort auf die Frage, wie ich mich nach Hitlers Machtergreifung verhalten hätte. Zuerst wäre ich wohl für Freiheit und Demokratie auf die Barrikaden gegangen und dann lange vor dem Zweiten Weltkrieg aus Deutschland abgehauen. Das gleiche Spiel wie heute.

Mein Handy klingelt.

„Hallo Daniel", melde ich mich.

Mein Kumpel am anderen Ende antwortet: „Na, bist du unterwegs? Ich habe gesehen, dass du vorhin angerufen hast. War was Bestimmtes?"

„Ach, nicht so wichtig. Ich war nur tierisch

angepisst von der Frau von der Hausverwaltung."

Daniel hakt nach: „Wieso? Was ist denn passiert?"

Ich erzähle: „Sie hätte mir fast die Wohnung nicht abgenommen, weil sie meinte, dass ich nicht gründlich genug geputzt habe."

„Echt? Nachdem du dich die letzten Tage so abgebuckelt hattest?"

„Ja, und das war noch nicht alles", berichte ich. „Ich hätte im Gegensatz zu all meinen vorigen Nachbarn, die ausgezogen sind, renovieren sollen."

„Und nun?"

„Will sie mir wahrscheinlich Kosten für Malerarbeiten in Rechnung stellen. Aber weißt du was? Meinetwegen kann sie sich meine komplette Kaution in den Arsch stecken. Ich bin fertig mit dem Geisterhaus!"

„Puh", seufzt Daniel und ich erwähne: „In den nächsten Tagen kriege ich das Übergabeprotokoll. Das wird an deine Adresse geschickt. Nur damit du es weißt."

„Okay … Ist denn sonst alles gut gelaufen bisher?", fragt Daniel.

„Ja, ich bin dir wirklich sooo dankbar für das Taxigeld. Das wäre sonst die reinste Tortur gewesen, mein schweres Gepäck zur S-Bahn zu schleppen."

„Deshalb habe ich es dir gegeben. Mit dem Taxi ist es gleich viel entspannter."

„Wie wahr! Jetzt sitze ich schon im Zug nach Lübeck. Kurz vor halb fünf bin ich am Hafen. Hoffentlich geht mit dem Koffer alles gut."

„Was sollte denn schief gehen?", will Daniel wissen.

„Über den Rollen klafft der Reißverschluss auseinander."

„Ach du Scheiße! Und jetzt?"

„Habe ich meinen dicken blauen Schal um den Koffer gewickelt. Wenn ich Glück habe, hält er noch bis Schweden so durch."

Daniel klingt besorgt: „Das hat ja gerade noch gefehlt!"

Ich versuche das Thema zu wechseln: „Und was hast du heute so gemacht?"

„Lange geschlafen, nachdem du gegangen bist. Was soll man denn sonst machen im Lockdown?"

„Spazieren gehen zum Beispiel. Nach der Wohnungsübergabe war ich noch mal an der Spree. Da schien die Sonne und Schloss Bellevue war verbarrikadiert."

„Hat die Regierung Angst vor den Querdenkern, oder was?", erwidert Daniel und ich stelle mir vor, wie er gerade den Kopf schüttelt.

„Anscheinend. Obwohl ja die große Silvester-Demo abgesagt ist und sich die Querdenker an jedes Verbot halten. Als bestünde der ganze Widerstand nur aus Querdenken! Auf jeden Fall wimmelte es vor dem Schloss von Schwarzuniformierten."

„Wo sind wir bloß gelandet!"

Ich schlussfolgere: „In einem Land, das sich von innen zersetzt. Aus dem ich übrigens gerade flüchte!"

„Wir können hier nicht einfach so weg. Ich würde auch gehen, wenn es so einfach wäre. Aber du weißt ja, Eriks Job ..."

„Ja, Daniel. Ich hoffe, ihr macht das Beste aus der Situation. Knuddele Felix von mir und grüß Erik."

„Ja, mach ich. Hab noch eine gute Reise", sagt Daniel. „Pass auf dich und den Koffer auf und melde dich, wenn du in Schweden bist."

Dann verabschieden wir uns. Draußen wird es dunkel. Ich starre aus dem Fenster auf die platte Landschaft, die an mir vorbei zischt. Regen und Schnee prasseln gegen die Scheibe. Noch eine halbe Stunde bis Lübeck.

29. Dezember 2020, 15:50 Uhr

Ein Bäckerstand in der Lübecker Bahnhofshalle ist geöffnet. Zwei Polizisten in schwarzen Uniformen schleichen wie Wachhunde mit gruseligen Maulkörben daran vorbei. Auf dem Fußboden zetern mehrere kreisrunde rote Aufkleber „Abstand halten" und „Hier herrscht Maskenpflicht". Ich habe Lust, in ein Café zu gehen und erst später zum Hafen zu fahren. Lübeck hat eine malerische Altstadt mit schnuckeligen Fachwerkhäusern. Ich vermisse die kleinen Annehmlichkeiten des Lebens, vor die das Regime seinen kalten, eisernen Riegel geschoben hat. Ich vermisse Glühwein auf dem Weihnachtsmarkt. Mein Gepäck sollte ich auch ohne Lockdown in einem Schließfach verstauen, wenn ich durch die Stadt flanieren wollte. Ein Stadtspaziergang wäre mit meinem lädierten Koffer aber zu umständlich und riskant. Jetzt ist es eh schon dunkel und unter anderen Umständen wäre ich gar nicht hier.

Also fixiere ich mich auf den nächsten Aufzug und sehe zu, dass ich aus dem Blickfeld der Polizei verschwinde. Ich habe noch ein paar Minuten. Von Gleis 8 geht es weiter nach Travemünde. Der Fahrstuhl ist bereits auf meiner Ebene. Ich brauche nur noch einzusteigen und runter zum Bahnsteig zu düsen.

Die Tür öffnet sich, am Gleis empfängt mich eine

weibliche Stimme: „Geben Sie Acht auf sich und Ihre Mitreisenden. Halten Sie Abstand und bedecken Sie Mund und Nase. Reisen Sie nur, wenn es dringend notwendig ist."

Ich möchte schreien: „Ja, du Schlampe, es ist dringend notwendig! Es ist allerhöchste Eisenbahn, mich aus Coronistan zu verpissen!"

Wenn derartige Aggressionen aufploppen, meldet sich immer eine ruhige Stimme in mir: „Warum regst du dich eigentlich noch auf? Das wollen sie doch! Entziehe denen die Aufmerksamkeit. Dann verlieren sie ihre Macht."

„Du hast ja so Recht!", flüstere ich und schaue auf die Anzeigetafel. Die Regionalbahn endet in Travemünde Strand. Vorher steige ich aus. Nur noch 20 Minuten trennen mich vom Skandinavienkai.

„An Gleis 8 hat Einfahrt: Regionalbahn von Lübeck Hauptbahnhof nach Travemünde Strand über Travemünde Skandinavienkai. Abfahrt 16:03 Uhr. Bitte Vorsicht bei der Einfahrt."

Die Anzahl der Mitreisenden ist überschaubar. Niemand hat so einen Berg an Gepäck dabei wie ich. Ich habe den Koffer flach neben mich auf den Bahnsteig gelegt und das Keyboard und den Rucksack darüber gestapelt. Die Wasserflasche halte ich in der Hand.

Der Zug fährt ein und eine zweite Ansage schallt

durch den Bahnhof: „Halten Sie mindestens 1,5 Meter Abstand zu Ihrem Sitznachbarn. Bedecken Sie während der gesamten Fahrt Mund und Nase und vermeiden Sie unnötige Reisen."

Mit anschwellender Wut schleppe ich mich über die ebenerdige Schwelle des Wagons und fläze mich auf einen Klappsitz im Fahrradbereich. Um mich herum habe ich Platz, um den Koffer waagerecht zu deponieren. Meine Augen bleiben daran haften. Der Koffer ist mein Fixpunkt, der meine Aufmerksamkeit von Corona-Benimmregeln und Menschen mit Gesichtskostümen abschirmt.

29. Dezember 2020, 16:20 Uhr

Ein Bahnsteig mit spärlicher Beleuchtung. An einem Ort wie Travemünde Skandinavienkai habe ich eine direkte Schleuse zum Hafengebäude und einen Gepäckwagen zum Schieben erwartet. Da ist nur ein Wegweiser, der mich von der Haltestelle weg lotst. In der Endjahres-Dunkelheit sehe ich weder Rolltreppen noch Förderbänder. Ein Fußgängerweg führt mich zu einer Treppe, die zu einem Tunnel gehört.

„Oh nee!", lasse ich Dampf ab. „Nicht schon wieder."

Zu viele Treppenstufen und immer noch eine Menge Last auf meinen Schultern. Ein Schild für Rollstuhlfahrer lotst mich weiter geradeaus. Wie schon zigmal seit meiner Abreise macht der Riemen der Keyboard-Tasche Probleme. Immer wieder rutscht er mir von der linken Schulter. Der Koffer rechts von mir benötigt nur ein bisschen Anschub.

Nach dem Umweg gelange ich zu dem stufenlosen Eingang der Fußgängerunterführung. Das Gefälle ist steil genug, um dem Koffer einen kleinen Schubs zu verpassen. Ich lasse ihn nach unten rollen und umklammere im Tunnel wieder den Griff. Noch nie habe ich mich wegen der Erfindung des Rollenkoffers so dankbar gefühlt.

Am Ende des Tunnels finde ich mich an einer Bushaltestelle wieder. Eine blonde junge Frau mit einem Tourenrucksack auf dem Rücken wartet dort schon. Ich erinnere mich, sie am Bahnsteig gesehen zu haben. Sie trägt eine Stoffmaske mit rosa Schweinchen-Verzierungen.

„Geht es jetzt mit dem Bus weiter zum Hafen?", frage ich sie.

„Ja, der kommt gleich."

„Oh, das wusste ich nicht", antworte ich.

„Ich hab es auch nur im Internet erfahren", meint sie.

„Da habe ich gar nicht nachgeschaut. Kostet das Ticket extra?"

Meine Mitreisende glaubt: „Wir können sicher die Fahrkarten aus dem Zug benutzen. Bis zum Terminal ist es eh nur eine Station."

Ich frage die Frau, die mir kaum älter als 20 erscheint: „Und wohin geht die Reise?"

„Malmö."

„Auch mit der Fähre um 22 Uhr?"

„Ja, genau."

Ich freue mich, dass ich nicht die Einzige bin, die das Schiff erreichen will. Diese Gewissheit festigt meinen Glauben an meinen baldigen Abgang aus Merkels Bananenrepublik.

„Ich fahre auch nach Malmö", erzähle ich und verwickele die Rucksackträgerin weiter in Smalltalk: „Studierst du in Schweden?"

„Nein, ich besuche meinen Freund. Und selbst?"

„Ich werde in Schweden arbeiten."

Meine Antwort ist die Wahrheit. Website-Texte und Blogs kann ich an jedem Ort der Welt schreiben. Hauptsache, ich habe meinen Computer und einen Internet-Anschluss.

Die Ankunft des Lübecker Stadtbusses, der bis zum Hauptbahnhof fährt, beendet das Gespräch. Der Fahrer öffnet in seinem Plastikzelt die Vordertür, was in Berlin seit über neun Monaten streng verboten ist. Die Fahrgäste müssen durch eine der hinteren Türen einsteigen. Eine doppelte Plastikfolie und rotweißes Baustellenband trennen sie vom Fahrerbereich.

Ich stöhne laut vor mich hin, als ich meine Sachen in den Bus hebe. Langsam verliere ich Kraft, möchte mich hinlegen, schlafen und den Koffer eine Weile vergessen. Ich setze mich hin. In der Reihe vor mir sehe ich eine dunkelhäutige Frau, deren Kind in einer fremden Sprache quengelt. Es klingt arabisch. Der Bus nimmt Fahrt auf. Ein paar hundert Meter weiter zeichnen sich endlich Schiffe und ein Hafengebäude ab. Der Weg zum Skandinavienkai ist nicht besonders lang und doch zu weit für Fußgänger mit schwerem Gepäck.

An der Bushaltestelle neben dem Terminal registriere ich, dass ich irgendwo nach der Abfahrt aus Lübeck meine Wasserflasche verloren habe.

29. Dezember 2020, 16:41 Uhr

Die Frau mit dem Tourenrucksack hält mir die Tür auf. An der Glasscheibe lese ich auf einem Schild: „Maskenpflicht im gesamten Terminal"

Schon seit Stunden hängt der grüne Löcherlappen über meinem Gesicht. Ich werde ihn wohl noch bis zum Boarding tragen und nach meiner Abreise als historisches Erinnerungsstück aus dem Dritten Weltkrieg horten. Links hinter dem Eingang zieht sich ein Gang zu den Schaltern der finnischen Reederei, deren Schiff mich nach Malmö bringen wird. Rote Fußmarkierungen mit der weißen Aufschrift „Mindestens 1,5 Meter Abstand halten" weisen den Weg zu einem Infotresen. Dahinter sitzt ein maskierter Mann in einem hellblauen Hemd.

„Nirgends Sitzgelegenheiten hier", fällt mir auf.

„Ich frage mal nach", sagt meine Mitreisende und geht zur Information.

Während sie mit dem Mann spricht, schaue ich nach den Öffnungszeiten der finnischen Reederei. Die Schalter öffnen um 19 Uhr. Auch diese Tür ist mit roten Benimmregeln beklebt. Genau wie der Fußboden. Ich fühle mich wie auf einer Theaterbühne. Einreisende sollen sofort wissen, welches Stück gerade in Deutschland gespielt wird. Ich schiebe mich und meine Sachen zurück zum Eingang. Die Rucksackträgerin kommt mir entgegen und verkündet: „Die Wartehalle ist ein Stockwerk tiefer. Da können wir uns hinsetzen."

Neben der Eingangstür sehe ich zwei Fahrstühle. An deren Türen maßregeln uns wieder Schilder: „Maximal 2 Personen und mindestens 2 Meter Abstand halten."

Ohne Worte sage ich: „Zwei Personen! Da haben wir gerade noch mal Glück gehabt."

Ich schweige auch, als ich im Aufzug feststelle, dass es viel zu eng ist, um zwei Meter Abstand zu halten.

Als wir unten angekommen sind, bewegt sich die Frau zu einem Tisch am anderen Ende der Wartehalle. Ich suche mir einen Stuhl in den Sitzreihen am Ausgang. In den nächsten Stunden fahren Schiffe nach Malmö, Trelleborg, Helsinki und Klaipeda.

Hätte ich mal besser ein Ticket nach Trelleborg gebucht, denke ich. Im Januar werde ich in einem Dorf östlich von Trelleborg wohnen. Erst im Februar geht es weiter nach Malmö.

Ende November hatte ich die Eingebung, mir ein Zimmer an einem abgelegenen Ort am Meer zu reservieren. Gefühlt Lichtjahre entfernt von Berlin und den Ereignissen des Jahres. Ich benötige Abstand und vor allem Ruhe. Jetzt brauche ich erst einmal Wasser und für später eine Kleinigkeit zu essen. Meinen Koffer lege ich wieder auf den

Fußboden und zurre den Schal so fest wie ich kann. Dann schnappe ich mir mein Portemonnaie und steuere den kleinen Laden an. Das Hafenrestaurant daneben ist zu.

„Wegen geltender Hygienebestimmungen bis auf Weiteres geschlossen", lese ich auf einem Schild – und an der Ladentür: „Zutritt nur mit Maske."

In den Gängen des Lebensmittelgeschäfts ist es eng. Zur Auswahl stehen jede Menge Süßigkeiten, Chips und in Plastik abgepackte Sandwiches mit Pute, Thunfisch und Roastbeef. Es gibt Cola, Limonaden in giftig grellen Farben, Bier und Spirituosen. Ein halber Liter stilles Wasser im Tetrapak kostet 50 Cent im Sonderangebot. Ich packe drei Stück in den Einkaufskorb. Mein Abendessen werde ich mir später auf der Fähre besorgen. Hier ist alles viel zu fleischig für mich!

„Bitte möglichst kontaktlos bezahlen!", steht auf einem Blatt Papier an der Plexiglasscheibe vor der Kassiererin, der ich einen Fünf-Euro-Schein hinhalte. Sie nimmt ihn trotz der Anweisung entgegen. Ich zahle nur noch bar und strecke ihr meine Hand für das Rückgeld entgegen. Sie legt die Münzen in die Plastikeinbuchtung neben dem Kartenlesegerät. Schließlich könnte meine Haut infektiös sein.

„Guten Rutsch", wünsche ich ihr und bekomme keine Antwort.

Auf einem Bildschirm in der Wartehalle läuft ein Newsticker:

„Corona-Mutation in Südafrika. Viele Fragen zur neuen Virus-Variante."[1]

Seit über einer Woche inszenieren niederträchtige „Mutanten" aus Großbritannien und Südafrika eine Viren-Invasion Richtung Kontinental-Europa. In Dover werden LKW-Fahrer tagelang festgehalten. Schlagersänger Michael Wendler ruft in seiner Wahlheimat Florida auf seinem Telegram-Kanal dazu auf, so schnell wie möglich Deutschland zu verlassen. Ich warte in Travemünde auf eine Fähre nach Malmö, weil die Öresundbrücke seit kurz vor Weihnachten dicht ist. Als ich vor ein paar Wochen mein Zugticket nach Schweden buchen wollte, sagte meine innere Stimme nein. Mit der Bahn wäre ich heute Abend längst am Ziel. Jetzt bin ich in einer fast menschenleeren Wartehalle gelandet und viel zu früh dran. Ich öffne das erste Tetrapak und nehme einen großen Schluck Wasser. Während ich meinen Durst stille, vibriert in der Hosentasche mein Handy.

„Hoffentlich spielen sie den Song auf deiner Beerdigung. Verrecke an Corona hässliches Ding", schreibt Redking0991. Mir entweicht ein Seufzer, dann wische ich die Notdurft seines manipulierten

---

[1]

Schlagzeile der Tagesschau vom 29. Dezember 2020

Gehirns weg.

Facebook präsentiert mir meine Fotos vom 29. Dezember 2019: Stände auf dem Weihnachtsmarkt in Helsinki, wo ich mit Pekka und einem hübschen Blick auf den Hafen Glögg trinke. Das schmucke Jugendstilcafé an der Esplanade, in dem mir mein finnischer Ex Kaffee und Kuchen spendiert. Der Flug hat ungewöhnlich lange gedauert. Zwei Stunden statt anderthalb. Zu viel Gegenwind und dann ein gestörtes, zweisames Silvester auf der Insel Pellinki. Ich spüre trotzdem Sehnsucht in mir aufsteigen, weil Finnland seit September 2020 ein Hochsicherheitstrakt ist. Alle touristischen Reisen für Menschen aus dem Ausland verboten.

Einmal gelingt es mir noch im September, mich ins Land zu mogeln. Zum ersten Mal seit dem Beginn meiner Finnland-Verbindung gibt es Passkontrollen am Flughafen von Helsinki. Ein Grenzpolizist fragt mich, was ich in Finnland vorhätte. Meinen Partner besuchen, sage ich über den Mann, der seit November 2013 offiziell mein Ex-Freund ist. Der Polizist fragt mich nach dem Namen und Wohnort meines „Liebsten".

Pekka-Kalle Hyttynen. Espoo.

Mehr will er nicht wissen. Weder Pekkas Adresse noch seine Telefonnummer. Ich hätte wohl ohne mit der Wimper zu zucken behaupten können, dass mein Herzallerliebster auf den schwedischen Namen Kim Lönnholm höre. So heißt mein nicht mehr ganz so berühmter finnischer Lieblingssänger, dessen Musik ich durch Pekka kennengelernt habe.

Ein paar Minuten nach der Befragung des Zolls gabelt mich mein Ex vor dem Terminal mit seiner Rostlaube auf. Beim Einsteigen in seinen dreckigen alten Saab mit Steinschlag in der Windschutzscheibe zwingt er mich, mir die Hände zu desinfizieren. Dann fährt er mit mir zum nächsten Supermarkt, wo er mich zwischen lauter maskenlosen Menschen nötigen will, eine blaue OP-Maske aufzusetzen. Ich sehe das gar nicht ein und wir haben mitten im Laden Streit. Nach dem Einkauf zückt er wieder sein Desinfektionsmittel und bei der Ankunft in seiner unordentlichen Wohnung noch einmal. Dreimal in einer Dreiviertelstunde!

Auf dem Bett in seinem Gästezimmer wartet schon eine Packung FFP2-Masken auf mich. Wie rote Rosen auf dem Kopfkissen. Pekka hatte sich bereits an einem warmen Tag Anfang August mit einem Kaffeefilter im Gesicht geschmückt. Bei unserem Spaziergang über einen idyllischen Natursteg in Helsinki, wo viele Leute unterwegs waren.

Die Intensität seiner Corona-Gläubigkeit wechselt übrigens ständig und hängt sowohl von seinen Launen als auch von der Panikmache in den Medien ab. Pekka ist bipolar und seine Meinung eine Fahne im Wind.

Am Abend nach dem Spaziergang in der Natur machen wir einen Streifzug durch das gut besuchte Zentrum von Helsinki. In einer mexikanischen Bar teilen wir uns ein Corona-Bier, schießen lustige Masken-Selfies mit Bierflasche und genießen auf den Stufen vor dem weißen Dom die sommerliche Volksfeststimmung. Im Sonnenuntergang sitzen wir an der Ostsee, in der ich am nächsten Tag bade. Als ich aus dem Wasser komme, fragt mich Pekka am Strand, ob ich bei ihm wohnen wolle. Ich habe mich so sehr in den finnischen Sommer, das Licht, die Seen und Wälder verliebt, dass ich am liebsten sofort alle Zelte in Berlin abbrechen würde.

„Ja, ja, ja!", freue ich mich und lasse die Sonne in mein Herz strahlen.

Mein Kompass zeigt nach Finnland.

Im September teste ich das Zusammenleben mit Pekka, mit dem ich mir nicht mal in Zeiten unserer größten Verliebtheit eine Wohnung teile. Nach zwei oder drei Tagen erkläre ich das Experiment als gescheitert und mein Kompass neigt sich nach Nordwesten. Pekka schäumt über vor Wut und Enttäuschung, als ich ihn in meinen Schweden-Plan einweihe. Dann herrscht Funkstille zwischen uns. Seine Entschuldigungen kurz vor Weihnachten ignoriere ich. Ich weiß ja eh, dass er bald wieder angekrochen kommt. So ist es immer gewesen. Aktivitäten mit Pekka machen Spaß, solange seine Stimmungen im grünen Bereich sind. Viel zu oft wird der Schalter von einer Sekunde auf die andere umgelegt. Und dann nervt er seine Mitmenschen. Sogar Fremde auf der Straße pöbelt er in seinen speziellen Phasen an!

Bei meinem letzten Besuch gehen wir in Espoo spazieren. Als wir mit einer Radfahrerin an einer Fußgängerampel warten, motzt Pekka die Frau an: Sie solle gefälligst auf dem Radweg bleiben anstatt den Bürgersteig zu blockieren. Bei ihrer Abfahrt wünscht sie ihm einen guten Tag und Pekka brüllt ihr hinterher: „Huono päivää sinulle!"

„Hast du der Frau gerade einen schlechten Tag gewünscht?"

Ja, ich habe jedes Wort aus seinem Schandmaul verstanden.

Es fällt mir schwer, mit den Gedanken an diese Ereignisse still neben meinem Gepäck sitzen zu bleiben. Ich stehe auf und laufe wie ein Tiger im Käfig neben der Sitzecke auf und ab. Dabei sehe ich das Plakat einer Ostseefähre unter einem strahlend blauen Himmel.

„Die Schönheit des Nordens", wirbt eine Reederei. Ich lichte das Motiv mit dem Handy ab und entdecke eine neue Nachricht: „Meine Oma ist an Corona gestorben. Wenn ich dich in die Finger kriege, bist du fällig!"

In meinem Kopf blitzt eine Antwort auf, die ich niemals poste: „Herzliches Beileid! Und was habe ich mit dem Tod deiner Oma zu tun?"

Ich lösche die offensichtliche Morddrohung von „Grüner Kämpfer" und bin plötzlich wieder mit dem Newsticker konfrontiert.

„Corona-Pandemie: Brandbeschleuniger für Diskriminierung."

„Großaufgebot der Polizei an Silvester in Berlin."

„Warum Israel so viel schneller gegen Corona impfen kann."[2]

Nur noch Corona-Nachrichten und zur Abwechslung Hasstiraden gegen Donald Trump. Obwohl der Tiger in mir gegen die Käfigstäbe springen möchte, setze ich mich zu meinem Koffer. Reflexartig spiele ich mit meinem Handy, obwohl ich gerne ein gutes Buch lesen würde.

Die Suchmaschine präsentiert mir eine Schlagzeile: „Schwedische Regierung will Zwangsmaßnahmen im Kampf gegen Coronavirus einführen."

Unter meinem Sitz öffnet sich ein tiefes Loch. Mein Herz stürzt zuckend bis in die Knie, während sich mein Magen dreimal umdreht. Ich überfliege den Artikel: „Der schwedische Sonderweg ist Geschichte. Im Kampf gegen Covid-19 will sich die Regierung in Stockholm neue Vollmachten erteilen. Im vom Virus gebeutelten Land sollen

---

[2] Dies sind Schlagzeilen der Tagesschau vom 29. Dezember 2020.

bald Sanktionen und Zwangsmaßnahmen möglich werden."[3]

Weil Schweden einen „Sonderweg" geht, statt die Bevölkerung systematisch in ihren vier Wänden zu entrechten, hetzt die deutsche Presse schon seit Monaten gegen das Land am anderen Ufer der Ostsee. Kann es sein, dass sie diesmal Recht hat? Flüchte ich gerade vom Regen in die Traufe? Mein Kopf wird heiß wie bei einem Anflug von Fieber. Wie ist es überhaupt möglich, dass mir ausgerechnet dieser Artikel angezeigt wird? Warum so kurz vor meiner Abreise nach Schweden?

„Die Zeit des Sonderwegs ist nun vorbei, König Carl XVI. Gustaf erklärte das legere Vorgehen vor Weihnachten für 'gescheitert'", lese ich weiter. Dann atme ich tief ein und blase die negative Energie aus meiner Lunge.

„Alles wird gut", raunt eine tiefentspannte Stimme in mir.

---

[3] So schrieb das Nachrichtenmagazin Spiegel am 28. Dezember 2020. Zu den „Zwangsmaßnahmen" ist es in Schweden nicht gekommen (Stand: Juni 2021).

29. Dezember 2020, 17:20 Uhr

Auch die Zöllner tragen heutzutage schwarze Uniformen. Das war nicht immer so. Als ich drei Jahre alt bin, haben sie grüne Jacken an. In einem kastigen grauen Fiat kutschieren mich meine Eltern in den Urlaub nach Italien. Für ein Kleinkind die reinste Tortur, die sich viele Stunden hinzieht. Auf Serpentinenstraßen durch die Schweizer Alpen kotze ich mir die Seele aus dem Leib.

Vor den Grenzübergängen warnt mich mein herzallerliebster Papa: „Sei bloß ruhig, sonst wirst du verzollt."

Bei den Passkontrollen möchte ich mich im Polster des Rücksitzes verkriechen. Ich habe Angst, dass die Männer in den grünen Uniformen mich mitnehmen und einsperren. Mein wunderbarer Vater quält mich fortan jeden Urlaubstag am Lago Maggiore mit Horrorgeschichten über die bösen Zöllner.

All das geht mir beim Anblick der zwei finsteren Maskenträger durch den Kopf. Sie haben sich vor dem wartenden Mann auf dem Platz schräg gegenüber von mir aufgebäumt. Er trägt keine Maske.

„Passport!", donnert der linke der beiden Zollbeamten, wie man es aus Spielfilmen über das Dritte Reich von der Gestapo kennt.

Während der Wartende in seinen Rucksack greift, hallt die Stimme des zweiten Zöllners durch den Raum: „Where are you from?"

„Denmark", sagt der Mann.

Auf mich wirkt er harmlos. Ein untersetzter Typ mit schütterem blonden Haar und kleinen blauen Augen. Ein Allerweltsgesicht in diesen Breitengraden.

Der Zöllner, der nun seinen Pass inspiziert, löchert ihn weiter: „From where did you travel today?"

„Frankfurt."

Was er in Frankfurt gewollt habe, wird er schon mit der nächsten Frage konfrontiert. Der Däne antwortet, dass er über Weihnachten Verwandte besucht habe.

„Are you smuggling drugs? Marihuana or hashish?", höre ich aus Zöllnermund auf ihn einprasseln.

Nein, er sei kein Drogenschmuggler. Trotzdem befiehlt ihm der Zoll der Bundesrepublik Deutschland, seinen Rucksack zu öffnen. Einer der Zöllner, die in dieser Wartehalle am 29. Dezember 2020 offensichtlich zu wenig Arbeit haben, durchleuchtet die Sachen des Reisenden mit einer Taschenlampe.

Währenddessen stellt sein Kollege schon die nächste Frage: „Do you carry more than 10.000

euros with you?"

„No, definitely not."

Mein Herz klopft schneller. In meinem Koffer steckt eine Sauerkraut-Konserve, die ein präparierter Safe ist. Über 5.000 Euro habe ich in Gold und Silber investiert und mit auf die Reise genommen. Nein, es waren sicher nicht 10.000 Euro. Trotzdem befürchte ich, dass der Zoll mich nötigen wird, meinen Koffer aufzumachen. Diesen roten Koffer, der während der Bahnfahrt fast geplatzt wäre!

„Where are you going now?", nehmen sie den Mann weiter in die Mangel.

„Malmö."

Seine Fahrkarte soll er zeigen. Außerdem interessiert es sie, ob er in Schweden bleiben werde. Nein, er reise am Morgen weiter nach Kopenhagen. Und der Ton der Zöllner bleibt harsch. Nach der Fahrkartenkontrolle lassen sie von dem Dänen ab. Der eine marschiert Richtung Fahrstuhl, der andere hat schon das nächste Zielobjekt im Visier. Mich.

„Schönen guten Abend, der deutsche Zoll", begrüßt mich der Zöllner so freundlich, als wäre in seiner Kehle eine andere Schallplatte aufgelegt worden. „Dürfte ich bitte auch ihren Personalausweis oder Reisepass sehen?"

Meinen Perso habe ich längst aus dem

Portemonnaie gezogen, so dass ich ihn gleich griffbereit habe.

Der Zöllner schaut ihn sich an und fragt: „Und wohin geht Ihre Reise heute noch?"

„Auch nach Malmö", sage ich.

„Cannabis haben Sie sicher nicht dabei, oder?"

„Nur CBD-Öl, aber das ist ja legal, soweit ich weiß", scherze ich, um meinen Schock über die Kontrolle des Dänen zu überspielen.

„Ja, das Zeug ist gut. Das nehme ich auch", erzählt mir der Zöllner.

Ich antworte: „Also, mir hilft es wunderbar beim Einschlafen, ohne dass es high macht."

Der Zöllner gibt mir meinen Ausweis zurück und lacht: „Ja, das stimmt."

Dann will er wissen: „Haben Sie mehr als 10.000 Euro dabei?"

„Oh, mal gucken. Moment."

Ich öffne mein Portemonnaie, werfe einen Blick hinein und kokettiere weiter: „Nein, heute leider nicht. Nur 70."

„Okay, ich glaube es ihnen."

Die leuchtenden blauen Augen des Zollbeamten vermitteln mir den Eindruck, dass er unter seiner OP-Maske lächelt. „Und sonst? Wollen Sie in

Schweden Konzerte geben?"

„Ach, das ist nur mein Keyboard, auf dem ich abends zur Entspannung ein bisschen klimpere."

„Sehr schön! Dann wünsche ich Ihnen einen angenehmen Abend und eine gute Reise, falls wir uns nicht noch mal sehen."

In mir macht sich Erleichterung breit: „Ja, vielen Dank. Ich wünsche Ihnen auch einen schönen Abend."

Dann schlendert er wie sein Kollege Richtung Aufzug und ich wandere weiter in der Wartehalle auf und ab.

29. Dezember 2020, 17:45 Uhr

Die Zeit ist zäh wie Kaugummi. Ich trotte vor der Sitzgruppe hin und her und habe das Bedürfnis, mit jemandem zu reden. Sicher freut sich meine Mutter, wenn ich sie vor der Abfahrt anrufe. Sie meldet sich sofort und meint: „Das ist aber schön, noch mal von dir zu hören. Ist alles in Ordnung soweit?"

„Ja, klar. Ich hatte nur gerade ein ziemlich komisches Erlebnis mit dem Zoll. Da war ein Mann aus Dänemark. Den haben die beiden Zöllner richtig gefilzt. Aber in was für einem ruppigen Ton! Es kam mir vor wie bei der Gestapo. Danach kam der eine Zöllner gleich zu mir und war bei der Passkontrolle auf einmal superfreundlich. Wie ausgewechselt!", erzähle ich.

Meine Mutter wendet ein: „Sicher hatte der Mann irgendwas auf dem Kerbholz."

„Nein, das glaube ich nicht", erwidere ich. „Ein ganz normaler Mensch wie du und ich. Anscheinend hatte ich einen Frauenbonus oder was auch immer."

„Dann sei froh."

„Ja, das bin ich auch. Jetzt war es das sicher mit der Grenzkontrolle hier in Travemünde."

„Wann geht es denn los?", will meine Mutter

wissen.

„Um 22 Uhr. Aufs Schiff kann ich ungefähr in zwei Stunden."

„Bereust du es?", höre ich einen leicht sorgenvollen Ton in der Stimme meiner Mutter mitschwingen.

„Nein. Ich bin froh, dass Berlin endlich abgehakt ist. Wie ich dir vorhin schon geschrieben habe: Beim Abschied von Daniel flossen ein paar Tränen, aber die Wohnungsübergabe hat mich null tangiert. Ich war glücklich, als ich es endlich hinter mich gebracht hatte."

„Ganz schön mutig von dir", behauptet ausgerechnet die Frau, die bis vor Kurzem noch versucht hat, mich von meinem Plan abzubringen.

„Was heißt hier mutig? Ohne den Arschtritt durch Merkel würde ich jetzt immer noch in der dunklen Hinterhausbude hocken. Das war die einzig vernünftige Wahl im Anbetracht der drei Optionen, die ich hatte", betone ich.

„Was für drei Optionen sollten das denn sein?"

Ich erkläre ihr: „Option eins: Ich bleibe in Deutschland und lasse mich von der Regierung weiter einsperren und gängeln. Option zwei: Ich bringe mich um. Option drei: Ich gehe in ein Land wie Schweden, wo ich wieder frei leben kann."

„Was redest du denn da von Selbstmord? Sag doch so was nicht!", antwortet meine Mutter leicht aufgebracht.

„Reg dich ab. Ich habe mich ja für Option drei entschieden", beruhige ich sie. „Es gibt aber auch andere Kandidaten. Der Typ aus dem Tonstudio, mit dem ich neulich Aufnahmen gemacht habe, hat dieses Jahr gleich zwei Freunde auf einmal verloren. Die hielten den Corona-Wahnsinn nicht mehr aus."

„Nein, so was sollte man nicht tun", entgegnet meine Mutter.

„Andere Menschen treffen eben andere Entscheidungen als du oder ich. Wenn sie gehen wollen, dann gehen sie. Daniels Mann Erik hat mir neulich von einem seiner Mitarbeiter erzählt. Der hatte sich im Sommer aufgehängt. Erik war ziemlich down deswegen."

„Oh, das kann ich mir vorstellen", seufzt meine Mutter.

„Also, Erik hatte sogar vorher versucht, den Mann umzustimmen. Aber keine Chance! Anscheinend war seine Absicht so klar wie meine, nach Schweden zu gehen."

Meine Mutter wendet ein: „Aber du kommst doch wieder!"

„Ja, vielleicht in drei oder vier Monaten. Ich hatte ja nie behauptet, für den Rest meines Lebens nach Schweden auszuwandern."

„Ach so, darüber habe ich gestern mit der Therapeutin geredet", berichtet mir meine Mutter. „Sie meinte: 'Ihre Tochter wird mir immer sympathischer.' Meine Freundin Margit findet das auch gut, was du machst. Hauptsache, du denkst, dass das alles so richtig ist für dich."

„Dann bin ich ja beruhigt. Und ich bin froh, dass du endlich diese Psychotherapie machst."

„Ja, das tut mir gut."

Ich frage: „Musst du während der Sitzungen eigentlich eine Maske tragen?"

„Na sicher! Und vorher immer die Hände desinfizieren. Das ist echt ein Mist!"

„Ich fasse es nicht!", rege ich mich auf. „Warum macht ihr diesen Irrsinn eigentlich alle mit?"

„Man hat doch keine Wahl mehr", meint meine Mutter betrübt.

„Doch die hat man. Jeder fängt bei sich selbst an. Ich habe meine Wahl getroffen und ich bin dankbar für die Tatsache, dass ich weder verheiratet bin noch Kinder habe! Am Ende war es so leicht, die Zelte abzubrechen. Als sollte das alles so sein."

„Die Therapeutin sagt: 'Vielleicht findet Ihre Tochter ja in Schweden einen Partner.'"

„Mama, darum geht es jetzt nicht! Mir ist klar, dass es dir lieber gewesen wäre, wenn ich zu Pekka nach Finnland ginge. Du kannst ihn ja gut leiden. Aber

Fakt ist nun mal, dass das zwischen uns nicht funktioniert und Pekka mehr in mir sieht als nur seine Mitbewohnerin."

„Ja, das stimmt. Aber es kann doch sein, dass du irgendwann auch mal Glück hast in der Liebe", verfällt meine Mutter wieder in die alte Leier und ich antworte: „Für mich ist das ein Riesenglück, dass ich jetzt so frei bin."

„Dann ist ja gut. Dann muss ich das so akzeptieren."

„Ja, das solltest du", sage ich mit Nachdruck in der Stimme.

„Melde dich sofort, wenn du angekommen bist."

„Mach ich, Mama."

Wir verabschieden uns und ich bemerke, dass ich schon anderthalb Tetrapaks Wasser ausgetrunken habe. Als ich dabei bin, das Handy wegzupacken, ploppt auf dem Touchscreen eine neue Benachrichtigung auf: „Wir lieben dich! Mach weiter so und lass dich von den bezahlten Trollen nicht unterkriegen."

Ich lächele und schnappe mir mein Portemonnaie.

29. Dezember 2020, 18:01 Uhr

Mit Wasser Nummer vier stehe ich an der Kasse des kleinen Ladens, wo ich Zeugin einer niederträchtigen Erregung öffentlichen Ärgernisses werde. Vor mir an der Kasse zeigt ein Mann seine nackte Nase und seinen schamlos entblößten Mund. Auf frischer Tat ertappt, legt er eine Flasche Rotwein, eine Dose Cola und zwei Tüten Chips auf das Kassenband.

„Setzen Sie bitte Ihre Maske auf!", schnauzt ihn die Kassiererin an.

Der Kunde schweigt.

„Haben Sie die Schilder nicht gesehen? In diesem Laden und im gesamten Terminal herrscht Maskenpflicht!", fügt die Frau verärgert hinzu.

Der Mann gibt immer noch keinen Mucks von sich.

Die Kassiererin schiebt seine Einkäufe hastig über den Scanner und regt sich auf: „Beim nächsten Mal werden Sie hier nicht mehr bedient."

Der Kunde zahlt mit Karte und geht seiner Wege. Dann bin ich an der Reihe. Die Frau schaut verbiestert nach unten, so dass ihr das löchrige Accessoire in meinem Gesicht anscheinend gar nicht auffällt. Ich gebe ihr ein 50-Cent-Stück und sage diesmal „Tschüss" statt „Guten Rutsch".

In der Sitzgruppe neben dem Geschäft plaudern

zwei Männer auf Finnisch. Sie grinsen mich an und aus dem Zusammenhang verstehe ich, dass sie sich über meine „Maske" mokieren. Die beiden Finnen, die wahrscheinlich um drei Uhr mit der Fähre nach Helsinki fahren, machen Gesichts-FKK wie der Kunde vor mir an der Kasse.

„Hyvää iltaa", rufe ich zu ihnen rüber. Zu Deutsch: Guten Abend.

Der eine antwortet: „Hyvää iltaa."

Der andere grüßt mich mit „Terve".

Und zusammen grinsen sie um die Wette.

Noch nie bin ich mit der Fähre nach Helsinki geschippert, obwohl ich es oft vorhatte. Pekka nahm manchmal das Schiff, sogar bei seinen anfangs verzweifelten Versuchen, mich zurückzugewinnen. Er hat mal behauptet, dass ein Schrottplatzauto aus seiner Sammlung seit 2013 in Travemünde auf dem Parkplatz am Verrotten sei.

Unser Silvester vor 364 Tagen war wie 2020 im Schnelldurchlauf. Wie eine verschlüsselte Jahresvorschau. Ich setze mich wieder neben mein Gepäck und lasse die Ereignisse Revue passieren. Nach dem Weihnachtsmarktbummel in Helsinki gelingt es Pekka ganz wunderbar, mich zu überraschen. Wir fahren Richtig Porvoo und dann ungefähr 25 Kilometer durch ein düsteres Niemandsland. Die Schranke vor der Fähre nach Pellinki halte ich in der Dunkelheit für einen

Bahnübergang.

Pekka freut sich wie ein euphorisches Kind, als er mir Einlass in unser Mökki[4] im Wald gewährt. Das rote skandinavische Häuschen hat eine Holzsauna wie acht Jahre zuvor unser Liebesnest bei Tampere. Anfangs fühlt es sich an wie ein Déjà-vu. Pekka weiß immer noch genau, was mir gefällt und der Plan wäre vielleicht wie in seinen Träumen aufgegangen. Ohne die Ereignisse vom 31. Dezember 2019!

Während ich in der Sauna vor mich hin schwitze, macht Pekkas Mutter Telefonterror. Weil er den letzten Abend des Jahres nicht mit ihr verbringt, beschimpft sie ihn angeblich als „Paskamies". Paska ist etwas Braunes, das stinkt und „mies" bedeutet Mann. Meine Reaktion darauf: Er solle sich endlich mal abnabeln. Schließlich sei er ein erwachsener Mann, kritisiere ich ihn und Pekka schmollt für den Rest des Abends vor sich hin.

Um ein bisschen die Stimmung in der Bude zu heben, frage ich ihn nach seinen Neujahrsvorsätzen.

Pekka bockt rum wie der ungezogene Neffe, den ich nicht habe. Meine eigenen Ziele? Die habe ich nach all dem Corona-Tohuwabohu längst vergessen. Was für ein Segen, dass mir zum Jahreswechsel niemand die Zukunft vorausgesagt

---

4   Finnisch: Hütte, Sommerhaus

hat! Sicher hätte ich Panik vor diesem Jahr bekommen.

Nach dem Silvester-Countdown und einem Glas Sekt schalte ich resigniert den schwedischen Film „Border" ein. Im Original mit deutschen Untertiteln. Ich verstehe kaum ein Wort und Pekka meint, der Hauptdarsteller habe einen starken finnischen Akzent. Mit Einblicken in die Stockholmer Wälder, die dem Wald auf Pellinki sehr ähneln, schlafe ich ein. Pekka entschuldigt sich am Neujahrsmorgen überschwänglich und nimmt mich in den Arm. Als ich am Abend nach Tegel fliege, wirkt die Welt noch genauso wie 2019.

Beim Überfliegen der ersten Corona-Schlagzeilen im Januar denke ich ein bisschen belustigt: Da hat die Journaille mal wieder ihr jährliches Virus gefunden. Zweieinhalb Wochen nach Silvester schneit Pekka spontan bei mir ein. Es soll sein letzter Berlin-Besuch werden, bevor die Welt an einer Massenpsychose erkrankt und ich den Anker lichte. Während ich mich daran erinnere, fällt mein Blick auf die Anzeigetafel und die Ankündigung der Fähre nach Helsinki. Die dunkelste Jahreszeit in Finnland bleibt mir dieses Jahr erspart. Pekka und seine bipolare Störung, die ich nie heilen konnte, ebenso.

29. Dezember 2020, 19:00 Uhr

Seit zehn Minuten warte ich mit meinem Gepäck vor dem Büro der finnischen Reederei. Ich habe mich als Allererste vor der Glastür mit den rotweißen Schafkopf-Verzierungen positioniert. Hinter mir steht sonst niemand. Bei meiner Ankunft im Terminal ist mir die hölzerne Maßleiste vor dem Eingang noch nicht aufgefallen. Auf dem Holz klebt ein roter Sticker mit der Info: „Das sind 1,5 Meter. Halten Sie Abstand!"

Ich breche in Gelächter aus und rede leise mit mir selbst: „Was für ein hirnrissiges Theaterstück!"

Im nächsten Moment höre ich ein Klicken, das wie ein automatischer Türöffner klingt. Ich gebe der Tür einen Ruck und schiebe zuerst den Koffer, dann das Keyboard und schließlich mich selbst ins Reederei-Büro. Vor den Schaltern hängen Plexiglasscheiben mit roten „Abstand halten"- und „Maskenpflicht"-Stickern. Ein dicklicher blonder Jüngling sitzt allein hinter einem der Tresen. Sein rundes Gesicht wirkt ein bisschen gerötet. Anscheinend darf er unverschleiert arbeiten.

Ich hole meine Fahrkarte und meinen Ausweis aus dem Portemonnaie und spreche ihn an: „Guten Abend. Darf ich jetzt einchecken für die Fähre nach Malmö um 22 Uhr?"

Er antwortet mir mit freundlicher, warmer Stimme:

„Ja, klar. Aber ich muss mich erst mal vermummen."

Bevor er sich seine weiße Kaffeefilter-Maske aufsetzt, zeigt er mir ein breites Grinsen.

„Aber Sie sind doch schon hinter Plexiglas. Wie sollen wir uns da gegenseitig infizieren?", möchte ein Teil von mir die Situation kommentieren. Der stärkere Teil hält das für verschwendete Liebesmüh. Dieser Teil will einfach nur den Check-in über diese absurde Bühne bringen.

„So, dann legen wir mal los. Kann ich Ihr Ticket und Ihren Ausweis haben?"

Ich schiebe beides durch ein Fensterchen und der Mann meint: „Perfekt."

„So mag ich das", lache ich und stecke mein Gegenüber mit meiner guten Laune an. Langsam beflügelt mich die Aufbruchstimmung in meinem Herzen. Meine letzte Ausfahrt 2020 ist endlich so sicher wie das Amen in der Kirche.

Dann gibt mir der Maskierte meinen Ausweis und die Fahrkarte zurück und schiebt zwei kleine Papierkarten hinterher: „Das sind der Schlüssel zu Ihrer Kabine mit der Nummer 9021 und der Frühstücksgutschein. Ihre Kabine finden Sie auf Deck 9. Wenn Sie morgen gegen halb acht in Malmö ankommen, finden Sie sich bitte auf Deck 7 ein. Sie werden an der Rezeption abgeholt."

„Abgeholt? Von wem?", frage ich. Immerhin

handelt es sich um meine erste Reise mit einer Skandinavien-Fähre.

„Fußgänger bekommen bei uns einen Chauffeur bis zum Terminal gestellt. Wenn Sie da sind, nehmen Sie sich am besten ein Taxi. Die nächste Bushaltestelle ist leider ein paar Straßen weiter."

„Ja, der Bus wäre wohl ungünstig mit all dem Gepäck, das ich gerade mit mir rumschleppe", sage ich.

„Genau das meine ich", antwortet der Mann hinter der Plexiglaswand.

„Und wie geht es jetzt auf die Fähre?"

„Fahren Sie mit dem Lift ein Stockwerk nach unten. Sie werden innerhalb der nächsten Stunde aufgerufen und abgeholt."

Ich bedanke mich und der Mann wünscht mir eine gute Reise.

29. Dezember 2020, 19:17 Uhr

Die Sitzgruppe, wo ich vorher schon eine gefühlte Ewigkeit gewartet hatte, hat sich seit meinem Check-in bevölkert. Aus den Augenwinkeln fällt mir der Däne auf. Auch die junge Frau mit dem Reiserucksack sitzt nun auf einem der braunen Plastikstühle. Von rechts kommt eine bebrillte Frau mit schulterlangen, grau melierten Haaren auf mich zu. Sie trägt einen grauen Wintermantel, einen karierten Schal und eine blaue OP-Maske.

„Fahren Sie auch um 22 Uhr nach Trelleborg?", spricht sie mich an.

„Nein, nach Malmö", gebe ich ihr Auskunft.

„Wären Sie vielleicht so nett, auf meine Tasche aufzupassen? Ich würde mir gerne noch was zu essen kaufen."

Ich antworte: „Na klar."

Die Frau spaziert zum Laden. Fast im selben Moment taucht ein glatzköpfiger Mann in einer neongelben Weste auf und ruft durch die Halle: „Passengers to Malmö?"

Vier Leute erheben sich von ihren Plätzen und folgen dem schwarzmaskierten Westenträger durch eine Glastür nach draußen. Ich bleibe sitzen, obwohl mein Drang, sofort zu verschwinden, an Stärke kaum noch zu toppen ist. Einfach aufzuspringen und die Tasche der Frau ihrem Schicksal zu überlassen, wäre aber unfair. Also schaue ich zu, wie die ersten Passagiere hinter der Glasscheibe in einen weißen Minivan steigen. Alle behalten ihre Masken auf und kauern sich im Wagen dicht nebeneinander.

Die ältere Frau im grauen Mantel kommt mit eingeschweißten Thunfisch-Sandwiches zurück, bedankt sich bei mir und fragt mich: „Wollen Sie Urlaub machen in Schweden?"

„Nennen wir es mal einen Arbeitsaufenthalt", behaupte ich.

Die Frau teilt mir mit: „Ich fahre über Silvester zu meiner Tochter."

„Wie schön", antworte ich und ein Mitreisender mischt sich ein: „Für Urlaub ist es definitiv nicht die passende Jahreszeit in Schweden."

Das Wetter ist das Letzte, worüber ich mir bei meiner Planung Gedanken gemacht habe. Ich habe auch keine Ahnung, ob mir Schweden und die Mentalität der Einheimischen gefallen werden. Seit Wochen checke ich auf der Website des Auswärtigen Amts die Corona-Regeln. Im November gab es eine Verschärfung. Alle Museen sind jetzt geschlossen. Restaurants und Bars, die Alkohol ausschenken, müssen um 20:30 Uhr zumachen. Außerdem wird empfohlen, morgens und abends zu Stoßzeiten in öffentlichen Verkehrsmitteln eine Maske zu tragen. Es ist nur eine Empfehlung und Corona wahrscheinlich Alkoholikerin mit einer Vorliebe für nächtliche Sauforgien.

„Haben Sie eigentlich einen Corona-Test gemacht?", fragt der nerdmäßig aussehende Typ, der sich so wunderbar mit dem schwedischen Wetter auszukennen scheint und eine FFP2-Maske aufhat.

„Nein, Schweden verlangt keinen PCR-Test bei der Einreise", kläre ich ihn ohne emotionale Ausschläge auf.[5]

Die Trelleborg-Reisende gibt ebenfalls einen Kommentar ab: „Ich habe mich in den letzten Monaten mehrmals testen lassen. Heute Morgen wieder. Man muss ja auf Nummer Sicher gehen."

„Ja, sicher ist sicher", antwortet der Kerl, der das Thema angeschnitten hat. „Ich war vorhin noch mal schnell im Hamburger Testzentrum, damit ich bei der Grenzkontrolle was vorzeigen kann."

Ich informiere die zwei: „Auf der Website des Auswärtigen Amts können Sie nachlesen, welche Restriktionen in den einzelnen Ländern gelten. Für Schweden ist kein PCR-Test nötig."

„Aber wer weiß, was dem Zoll in den Sinn kommt", meint die Frau und ich beschließe, mich aus der Diskussion auszuklinken.

---

[5] Am 6. Februar 2021 hat Schweden eine Testpflicht bei der Einreise eingeführt.

„Ungewöhnlich wenig Passagiere heute. Hat wohl zum einen mit der Jahreszeit zu tun und zum anderen mit Covid", fährt der Nerd fort. Um uns herum sitzen und stehen ungefähr 20 Menschen.

„Ja, die Leute bleiben lieber zu Hause. Meine Tochter und ich haben auch lange überlegt, ob ich wirklich nach Schweden kommen soll. Aber die Lage in Falsterbo ist wohl ziemlich moderat", erwidert die Frau.

Ich stehe auf und entferne mich ein paar Meter von meinem Platz. Während ich meine Ohren auf Durchzug stelle und die anderen über Corona plaudern, versinke ich wieder in meiner Gedankenwelt. Ich habe es bis zu diesem Tag geschafft, ungetestet zu bleiben. Kein Teststäbchen hat jemals meine Nase von innen gesehen. Wie viele Deutsche wissen eigentlich, dass beim PCR-Test, der ständig falsch positive Ergebnisse hervorbringt, in gigantischem Ausmaß DNA gesammelt wird? Wer hat mitbekommen, dass Deutschland mit einen Pharmalobbyisten als Gesundheitsminister im Januar 2020 einem Genom-Großprojekt der EU[6] beigetreten ist? Haben sich meine zwei Mitreisenden jemals gefragt, was mit ihren Tests passiert? Wegen der fürchterlichen

---

[6] Es handelt sich um das Projekt 1+Million Genoms Initiative. Ziel ist es, einen länderübergreifenden Zugang zu mindestens einer Million kompletter Genom-Sequenzen und weiterer Gesundheitsdaten zu ermöglichen.

Testerei und der Paranoia meiner Eltern habe ich Heiligabend mit Daniel und Erik „Sissi" und „Der kleine Lord" geguckt und über Weihnachten, als die Jungs Eriks Familie besuchten, auf Felix aufgepasst.

Am 3. Dezember fühle ich mich noch ganz entspannt, als abends das Telefon klingelt und sich am anderen Ende meine Mutter meldet.

„Ich meinte heute zu Doktor Meyer: 'Meine Tochter hält nichts von Masken'", erinnere ich mich an das Gespräch. „Und Doktor Meyer antwortete: 'Dann sollte Ihre Tochter mal die Corona-Station im Klinikum besuchen und der Wahrheit ins Gesicht gucken. Ganz viele junge Menschen liegen gerade an Beatmungsgeräten.'"

„Worauf willst du hinaus?", ahne ich Unangenehmes.

„Weil du ja aus dem Risikogebiet Berlin kommst, hat mir Doktor Meyer geraten, dass du unbedingt einen Corona-Test machen sollst. Am besten ein bis zwei Tage, bevor du kommst."

„Was???"

Meine Knie werden weich. Ich habe das Gefühl, dass mir der Boden unter den Füßen weggerissen wird.

„Das ist doch gar nicht schlimm. Tu es einfach für mich. Wir wünschen uns, dass du vor Weihnachten zum Corona-Test gehst."

Ich protestiere laut: „Mama, heißt das, ihr wollt mich zum PCR-Test zwingen, obwohl der nichts über eine Infektion aussagt? Weißt du eigentlich, dass dabei massiv DNA gesammelt wird? Ich mache den Test auf gar keinen Fall!"

„Nicht einmal für mich? Das kannst du mir doch zu Weihnachten nicht antun!"

„Mama, was du gerade versuchst, nennt sich Erpressung. Ich kann dir gar nicht sagen, wie tief du mich enttäuschst!", schimpfe ich.

„Nein, du enttäuschst *mich* mit deinem Egoismus. Ich habe nur diese eine Bitte zu Weihnachten", fleht meine Mutter mich an und beginnt zu schluchzen.

„Mama, wie gehirngewaschen bist du eigentlich? Bei ARD und ZDF sitzt du in der ersten Reihe, statt dich mal richtig zu informieren. Ich bin kerngesund, hatte den letzten Schnupfen im Mai 2019!"

„Auch wenn du symptomlos bist, könntest du mich anstecken. Ist dir der Ernst der Lage gar nicht bewusst?"

„Doch", sage ich. „Doch, doch. Dann werden wir uns eben eine Weile nicht sehen. Deine Gesundheit aufs Spiel zu setzen, ist wirklich das letzte was ich will. Ich feiere Weihnachten mit meinen Freunden und hinterher geht es ab nach Schweden. Direkt von Berlin!"

In der Zwischenzeit hat meine Mutter schon beleidigt aufgelegt.

„Du bist ja so peinlich", textet mein Erzeuger am nächsten Morgen. „Und komm bloß nicht auf die Idee, deinen Krempel bei uns abzustellen."

In dem Moment habe ich den Umzugswagen längst abbestellt und für meine Sachen, die ich weder verkauft, verschenkt noch weggeworfen hatte, einen Lagerraum in Berlin gemietet. Das Ticket nach Travemünde lässt sich leicht auf einen Einstieg in Berlin umbuchen. Alle Weihnachtsgeschenke für meine Familie bringe ich zur Post. Mein Bruder und meine Schwägerin haben sich nicht dafür bedankt.

Jetzt sehe ich die Ereignisse, die mich in dem Augenblick tief verletzten, positiv: Das Leben hat mich vor 13 Tagen Stress bewahrt. Ohne den Vorfall mit meiner Mutter hätte die fürchterliche Wohnungsübergabe mit Frau Klein-Krämer schon am 16. Dezember stattgefunden.

„Passengers to Trelleborg?", zieht mich die laute Stimme eines Hafenmitarbeiters aus meinen Erinnerungen.

„Oh, jetzt sind wir an der Reihe", sagt der Nerd zu der älteren Dame, auf deren Tasche ich aufgepasst habe.

Sie reagiert: „Ja, wir haben lange genug gewartet."

„Gute Reise", wünsche ich den beiden und warte

weiter.

29. Dezember 2020, 19:43 Uhr

Die Scheinwerfer eines weißen Minivans strahlen grell durch die Glasfassade. Der glatzköpfige Mann in der gelben Weste, der vor ungefähr einer halben Stunde die ersten Malmö-Passagiere abgeholt hat, steigt aus. Dann ruft er durch die sich öffnende Schiebetür: „Passengers to Malmö?"

Längst habe ich mich startklar an vorderster Front aufgestellt. Hinter mir steht die Rucksackträgerin, die morgen früh wahrscheinlich in die Arme ihres Freundes fallen wird.

Ich zerre mein Gepäck in die Kälte, schiebe es zum Kofferraum und bitte den Fahrer, es für mich auf die Ladefläche zu heben. Sofort nimmt er mir die Sachen ab und ich klettere in die Sitzreihe hinter dem Steuer. Neben mir nimmt ein etwa siebzigjähriger Mann in einer schwarzen Jacke platz. Insgesamt sind wir sieben Leute. Wir kauern dicht an dicht wie Ölsardinen und ich denke amüsiert: „Die Maske wird uns alle retten."

Durch ein paar dunkle Kurven steuert der Westenträger den Wagen zur Rampe einer riesigen Fähre. Sie hat fast die Ausmaße eines Kreuzfahrtschiffes, denke ich in der Dunkelheit. Im Größenvergleich wirken die Autos und LKWs, die sich in den Bauch des Schiffes hineinquetschen, wie Spielzeuge. Auf einer parallelen Spur werde ich aufs Autodeck chauffiert. Der Minibus stoppt am Ende des Decks vor einer Tür.

Im Juli strampele ich mit meinem Fahrrad auf eine Fähre. Die Fahrt von Rostock nach Gedser dauert nur anderthalb Stunden. Ich habe mich schon mental darauf vorbereitet, dass der dänische Zoll mich ausfragt. Die sommerlichen Corona-Schikanen in Dänemark schreiben vor, dass Touristen mindestens für sechs Nächte im Voraus eine Unterkunft gebucht haben müssen. Vor mir liegen sieben fixe Übernachtungen und null Grenzkontrollen. In Køge lasse ich mir maskenlos die Haare schneiden. Im Tivoli in Kopenhagen gehe ich zu gut besuchten Ballett- und Kinovorführungen unter freiem Himmel. Zumindest im Sommer gaukelt Dänemark dem Volk eine scheinbare Normalität vor, aber in der Achterbahn im Tivoli muss sich jeder maskieren und die Einmal-Gesichtswindel nach der Fahrt in eine riesige schwarze Mülltonne werfen. Mit schwant: Das Virus ist besonders süchtig nach Loopings. Es ist überhaupt ein sehr reise- und abenteuerlustiges kleines Scheißerchen!

Während der Rückfahrt am 27. Juli 2020 denke ich zum ersten Mal über eine Flucht nach Schweden nach. Im Eurocity von Kopenhagen nach Hamburg gibt es bis zur schleswig-holsteinischen Grenze keine Maskenpflicht. Um mich herum positionieren sich drei gewissenhafte Deutsche, die sich bereits auf dänischem Boden ohne Atempause verschleiern. Kurz vor der Grenze schallt auf Dänisch, Deutsch und Englisch eine Durchsage durch den Zug: In Deutschland seien Reisende verpflichtet, in öffentlichen Verkehrsmitteln einen Mundnasenschutz zu tragen. Daraufhin verziere ich meinen Kopf mit einem roten Stringtanga. Die Maskenträgerin auf dem Platz gegenüber streckt mir einen OP-Mundschutz entgegen.

„Nein, danke. Ich habe meine eigene Maske", verklickere ich ihr.

Die beiden deutschen Zöllner, die dann durch den Wagon schleichen, beäugen nur meinen Ausweis. Mein Gesicht und das Höschen auf meinem Kopf sind anscheinend völlig uninteressant.

Erst als ich in Hamburg in einen ICE nach Berlin umgestiegen bin, weist mich ein Schaffner zurecht: „Ihre Maske ist zu durchlässig. So geht das nicht."

„Oh, Entschuldigung. Ich wollte mich nur der Allgemeinheit anpassen. Eigentlich habe ich ja eine Maskenbefreiung", schwindele ich.

„Dann zeigen Sie mal her", erwidert er im Befehlston.

Im Mai verteilt eine Frau auf einer Demo des Demokratischen Widerstands vor dem Bundestag Atteste. Ein Arzt aus Hessen[7] hat sie ausgestellt

---

[7] Eine Anspielung auf den Urologen und Freiheitskämpfer Dr. Jens Bengen, der am 26. Mai 2021 Selbstmord beging.

und im Internet veröffentlicht. Auf dem Attest steht immer noch schwarz auf weiß, dass ich unter einer chronischen Angststörung und Atemnot leide. Der Schaffner glaubt es mir und lässt mich gewähren. Meine wahren „Krankheiten" verheimliche ich ihm: mein Freiheitsvirus, meine chronische Anpassungsstörung, mein Rechtsempfinden und mein logisches Denken. All die Eigenschaften, die es mir verbieten, menschenverachtende Rituale zu praktizieren und blind Politikern zu gehorchen.

Meine Erinnerungen rasen im Schnelldurchlauf durch meinen Kopf, während ich aus dem Auto steige und mein Gepäck über die Schwelle der Tür hebe. In der Lobby wuseln ankommende Passagiere durcheinander und bilden eine Schlange vor der Rezeption. Vor mir sehe ich eine breite Treppe, links hinter mir zwei Fahrstühle. Nun bin ich auf Deck 7 und sehne mich danach, meine Sachen für ein paar Stunden abzustellen.

Ich hole mir den den Fahrstuhl und drücke den Knopf neben der Zahl 9. An der verspiegelten Wand des Aufzugs hängt ein Hinweis. Ab 23 Uhr wird auf Deck 11 kein Alkohol mehr ausgeschenkt. Es gibt eine Empfehlung, in öffentlichen Bereichen der Fähre Mund und Nase zu bedecken und überall zwei Meter Abstand zu halten. Finnische Corona-Regeln auf einem finnischen Schiff. Ende August hat Finnland eine Masken-Empfehlung[8] i n Geschäften und öffentlichen Verkehrsmitteln eingeführt. Eine Empfehlung, die mir Pekka mit der Bockigkeit eines kleinen Jungen als Pflicht aufzwingen wollte.

In der Schiffslobby wimmelt es von so vielen Menschen, dass zwei Meter Abstand nur noch wie ein feuchter Traum des Regimes wirken.

Aus dem Lift trete ich auf einen Gang. Wenn ich nicht wüsste, dass ich auf einem Schiff bin, würde ich denken, ich wäre in einem Hotel gelandet. An der Wand zeigen Schilder den Weg zu den Kabinen. Ich folge ihnen und entdecke eine braune Tür mit der Nummer 9021. Nachdem ich meine Papierkarte in den Schlitz gesteckt habe, lässt sie sich öffnen. Innen ist es eng. Mein Blick fällt auf zwei Betten mit weißen Kissen und Decken. Ein zirka ein Meter breiter Gang und eine Ablagefläche trennen sie voneinander. Links neben der Kabinentür führt eine zweite Tür in ein privates Badezimmer mit Dusche.

„Wow, so viel Komfort habe ich gar nicht erwartet", freue ich mich.

Auf einer Fähre hatte ich eher mit einer harten Pritsche und Waschräumen auf dem Gang

---

8   Anfang 2021 führte die finnische Regierung unter Young Global Leader Sanna Marin (seit 2019 Premierministerin) eine Maskenpflicht in öffentlichen Verkehrsmitteln ein.

gerechnet. Dankbar stemme ich mein Gepäck auf das linke Bett und streife mir mein lächerliches Accessoire vom Gesicht. Dann schnappe ich mir mein Portemonnaie und fahre hoch zu Deck 11.

29. Dezember 2020, 20:05 Uhr

Durch eine breite Fensterfront blicke ich auf den beleuchteten Hafen von Travemünde. An vereinzelten Tischen sitzen schon Grüppchen mit Getränken. Ungefähr die Hälfte der Passagiere, die ich auf dem Weg in die Bar gesichtet habe, zeigt jetzt wieder Gesicht. Auch der rothaarige Mann hinter der Theke, der gerade Bier ausschenkt, verzichtet auf die Gesinnungsbinde. Nachdem ich auf der Speisekarte nur Burger und Hot Dogs gefunden habe, frage ich ihn auf Englisch, ob es auch vegetarisches Essen gebe.

Aus einem Kühlfach holt er eine Mikrowellenpizza in einer grünen Plastikfolie und sagt: „We have this vegetarian pizza."

Für die Füllung meines leeren Magens kommt mir solch ein fettiges, ungesundes Stück Fastfood gerade recht. Ich bestelle es mir und gebe dem Barkeeper zwei Euro, nachdem er die Pizza in ungefähr zwei Minuten in einen knusprigen Zustand versetzt hat. Dann suche ich mir einen Fensterplatz und genieße jeden einzelnen Bissen. Meine Dankbarkeit, es bis auf die Fähre geschafft zu haben, beeinflusst anscheinend meine Geschmacksnerven. Diese spärlich belegte Pizza schmeckt mir viel besser als das Kokoscurry am Mittag, das ich in Berlin immer so gerne gegessen habe.

Ich atme tief durch und ahne, dass ich zum ersten Mal seit langer Zeit wieder friedlich schlafen werde. Ich atme die Hauptstadt des Grauens aus. Noch einmal denke ich an die Schlüsselszene im U-Bahnhof. Ein Moment, in dem mir klar wird, dass der Point of no Return schon lange überschritten ist.

An einem sonnigen Tag Mitte Juli kontrolliert ein Geschwader von schwarzuniformierten Vermummten auf dem Bahnsteig am Hansaplatz den Gehorsam der Berliner Bürger. Als ich die Rolltreppe nach unten fahre, beobachte ich schon, wie vier Polizisten ein maskenloses Mädchen in die Mangel nehmen. Sie rücken ihm ohne die überall propagierten Abstandsregeln auf die Pelle und durch den Bahnhof hallen Töne, die ich mit einem finsteren Kapitel der deutschen Geschichte assoziiere:

„Sie verstoßen mit Ihrem Verhalten gegen die Eindämmungsmaßnahmen-Verordnung des Berliner Senats!"

„An öffentlichen Bahnhöfen sind Sie zum Tragen eines Mundnasenschutzes verpflichtet! Wir nehmen jetzt Ihre Personalien auf und verhängen ein Bußgeld."

Im Schnellschritt husche ich an der SS 2.0 vorbei, doch wenige Meter vor dem Ausgang am anderen Ende des Bahnhofs macht ein einzelner Schwarzuniformierter einen bedrohlichen Schritt auf mich zu.

„Hey, Sie!", donnert er los.

An jenem Tag trage ich ein rotes Halstuch, das ich mir reflexartig übers Gesicht ziehe und weitergehe.

„Beim nächsten Versuch kostet es 50 Euro!", schimpft der Polizist.

Nur in Gedanken brülle ich ihn an: „Fick dich, du scheiß Nazi! Steck dir deine dreckige Keimschleuder in den Arsch!"

Mein nächster und ganz viele folgende Gedanken drehen sich um meinen Weggang aus dem staatlich inszenierten Kasperletheater. Ich weiß bloß noch nicht, wie ich die Ketten löse.

Jetzt schaue ich zurück auf Deutschlands nördliches Ufer und kaue mit der klaren Gewissheit, das Richtige getan zu haben, einen Bissen Pizza. Es ist mein leckerstes Essen des Tages.

29. Dezember 2020, 20:47 Uhr

Schläfrig, gesättigt und zufrieden öffne ich meinen Rucksack. Auf einmal empfinde ich es als Glück, dass die Kosmetiktasche ganz oben liegt und ich mich anständig waschen und mir die Zähne putzen kann. Auf den Betten erwarten mich frische weiße Handtücher, im Badezimmer gibt es Handseife und Spender für Duschgel und Shampoo. Ich stelle meinen Handy-Wecker auf viertel nach sechs, mache mich bettfertig und krieche unter die warme Decke. Auf der rückenfreundlichen Matratze sage ich zu mir selbst: „Oma, der Vergleich mit dir hinkt."

Vor fast einem Jahr dachte ich unheimlich oft an meine Großmutter. Nicht an sie im Allgemeinen, sondern immer nur an ein bestimmtes Kapitel ihres Lebens: ihre Flucht aus Pommern. Als sie noch lebte, hatte ich zu selten Gelegenheiten, mich mit ihr zu unterhalten. Der Mann, der mein Vater ist, konnte seinen Daddy nicht ausstehen. Deshalb habe ich bis heute keine Ahnung, wie Oma den Weg von Stolp[9] zum Hafen von Gdingen[10] gemeistert hat. Fuhren noch Züge? Oder hat sie ihre nötigsten Habseligkeiten mitsamt meiner Tante Anna auf einen Karren gepackt? In meiner

---

[9] Polnisch: Słupsk

[10] Während des Zweiten Weltkriegs Gotenhafen, heute Gdynia

Kindheit wurde mir erzählt, dass sie gerade noch rechtzeitig am Hafen angekommen sei. Das nächste Schiff war angeblich die Wilhelm Gustloff. Über 9.000 Menschen an Bord starben, als es zwölf Meilen vor der pommerschen Ostseeküste von einem sowjetischen Torpedo versenkt wurde. Das passierte am 30. Januar 1945, eine der größten Schiffskatastrophen der Menschheitsgeschichte.

Dass ich in meinem Körper stecke, habe ich unter anderem der Tatsache zu verdanken, dass Oma es unversehrt bis Kopenhagen schaffte. Dort starb Anna in einem Auffanglager an der Grippe. Sie war nicht einmal ein Jahr alt und hätte wahrscheinlich gerettet werden können, glaubte meine Großmutter. Man habe ihr aber die lebensnotwendigen Medikamente verwehrt, weil die Dänen eben sehr schlecht auf die Besatzer zu sprechen waren. Als eines von etwa 7.000 Kleinkindern wurde Anna in einem Massengrab verscharrt.

„Ja, der Vergleich hinkt", wiederhole ich. „Trotzdem habe ich das Gefühl, dass du mir aus deiner Welt was sagen wolltest."

Jetzt habe ich mehr mit meiner Oma gemeinsam, als ich jemals für möglich gehalten hätte. Beide flüchten wir im Abstand von fast 76 Jahren über die Ostsee, doch ich liege dabei in einem bequemen Bett. Eine Flucht auf hohem Niveau, schlussfolgere ich. Ja, der Vergleich mit den

Vertriebenen aus den deutschen Ostgebieten hinkt. Ich sehe mich eher bei den Freigeistern, die 1933 aus Deutschland weggingen. Dann denke ich an Anna, deren Grab ich gerne in Kopenhagen besucht hätte. Allerdings wusste ich nicht, wo ich danach suchen sollte. Ich hatte mir auch keine Mühe gegeben, nach Friedhöfen für deutsche Weltkriegs-Flüchtlinge zu recherchieren.

„Wenigstens mir bist du wichtig, Anna, obwohl ich dich auch nicht kannte", flüstere ich.

Mein Großvater, der zum Zeitpunkt ihres Todes noch sein geliebtes Vaterland verteidigte, behauptete Ende der 90er Jahre: „Dass sie starb, berührte mich kaum. Ich habe die Anna nicht gekannt."

Vielleicht zwei oder drei Jahres vor dem Grippe-Tod der Kleinen bracht zwischen einem deutschen Besatzer und einer dänischen Familie eine Freundschaft fürs Leben aus. Ironie des Schicksals, dass dieser Besatzer mein Opa mütterlicherseits war.

Ich lasse die Erinnerungen los und träufele mit der Pipette vier Tropfen CBD-Öl auf meine Zunge. Im Internet suche ich nach einer Einschlafmeditation. Schon seit über fünf Jahren lasse ich mich von Meditations-Podcasts in den Schlaf wiegen. In Berlin litt ich lange unter chronischer Schlaflosigkeit. Inzwischen bin ich süchtig nach geführten Meditationen und den warmen Stimmen, die mich in fantastische Welten entführen. Ich knipse das Licht aus und versinke in einer tiefen Männerstimme.

29. Dezember 2020, 22:00 Uhr

Eine schrille Klingel reißt mich aus dem Schlaf. Auf Deutsch, Schwedisch und Englisch verkündet eine Frau über Lautsprecher die Abfahrt des Schiffes. Meine Einschlafmeditation ist längst zu Ende, mindestens die Hälfte habe ich wie üblich verpennt. Ich schlafe immer schon nach den ersten Minuten ein. Mitten in der Ansage vibriert mein Handy. Ich habe vergessen, es in den Lautlos-Modus zu switchen. Schlaftrunken schnappe ich es mir und entdecke wieder mal eine Nachricht meiner Mutter: „Gute Reise! Melde dich sofort, wenn du angekommen bist. Schick mir Fotos von deiner Unterkunft!"

„Ja, mach ich. Gute Nacht", schreibe ich zurück und schalte die Vibration aus.

30. Dezember 2020, 2:05 Uhr

Ein Pulk von Menschen mit schwedischen Flaggen marschiert auf mich zu. Ich stehe am Straßenrand und beobachte, wie sie an mir vorbeilaufen. Dicht auf den Fersen ist ihnen eine zweite Gruppe. Diese Leute schwingen Finnland-Fahnen und mein Lieblingssänger Kim Lönnholm singt dazu eine Pop-Ballade seiner Band Broadcast: „You Break My Heart". Ein Lied, das in Deutschland wohl nur Finnland-Liebhaber kennen – oder Frauen, die damit von ihren finnischen Ex-Freunden beschallt werden. Ein blonder Mann tritt aus der Menge. Ich sehe ihn ganz nah vor mir und bemerke, dass er eine unheimliche Ähnlichkeit mit Kim hat. Gleichzeitig nehme ich mein Kopfkissen und die Wärme meiner Decke wahr. Das Gesicht löst sich in der Dunkelheit meiner fensterlosen Kabine auf.

Ich betätige den Lichtschalter und schaue nach der Uhrzeit. 2:06 Uhr. Noch über vier Stunden Zeit zum Weiterschlafen. Ich habe Druck auf der Blase und wanke ins Badezimmer. Der Fußboden bewegt sich minimal. Ich merke kaum, wie sich die Fähre ihren Weg nach Norden bahnt. Ohne meine Neugier zu stillen und die Position auf Google Maps zu checken, verkrieche mich nach dem Toilettengang und einem Schluck Wasser wieder im Bett.

30. Dezember 2020, 6:10 Uhr

Frisch geduscht und eingecremt komme ich aus dem Badezimmer. Meine Haut duftet nach Rosen und mein oranges Rollkragen-Shirt stinkt nach Schweiß. Die Plackerei des vergangenen Tages hat Spuren hinterlassen. Frische Oberteile würde mir nur mein Koffer ausspucken, doch von dem lasse ich besser die Finger. Aus dem Rucksack fische ich eine saubere Unterhose und mein Traumtagebuch. Als ich mich angezogen habe, schreibe ich den Flaggentraum auf und rätsele, was er wohl bedeuten mag. Ich denke laut: „Heißt das, ich gehe zuerst nach Schweden und anschließend nach Finnland? Verliebe ich mich vielleicht in einen blonden Mann? Nein, das ist unwahrscheinlich. Mit dem Mann im Traum lief ja nichts. Vielleicht gehe ich in Finnland auf ein Konzert von Broadcast. Das wäre toll, endlich mal wieder zu einem Konzert zu gehen! You break my heart. Ja, ich habe Pekka ganz schön das Herz gebrochen, aber damit muss er leben. Sind wir nicht alle irgendwann Herzensbrecher mit gebrochenen Herzen?"

Edvard Griegs „Morgenstimmung" durchtrennt meine Gedankenkette. Ich bin schon eine halbe Stunde vor dem Wecker aufgestanden. Jedesmal, wenn ich den Alarm benutze, wache ich kurz vorher auf. Anscheinend folgt mein Körper lieber seiner inneren Uhr. Wecker klauen den Menschen ihre Freiheit, ich habe sie immer gehasst.

Ich schalte den Alarm schnell aus und orte die Position der Fähre auf der digitalen Karte. Die schwedische Südküste ist fast erreicht. Ich bin ein paar Kilometer vor Smygehamn, wo ich in wenigen Stunden mit dem Bus ankommen werde. Dann blättere ich in meinem Traumtagebuch mehrere Seiten zurück und bleibe bei einem Eintrag vom 20. Mai 2020 hängen:

„Es ist mein nächster Geburtstag und Deutschland ein totalitärer Überwachungsstaat. Ich fühle heftige Beklemmung und schmiede Pläne, ins Ausland zu flüchten. Eines Morgens stürmt ein Polizist mein Schlafzimmer. Er springt auf mein Bett, drückt mich nach unten und küsst mich gewaltsam. Ich wehre mich, schlage um mich. Auf einmal wird er auf geistesgestörte Weise lustig. Er lässt mich los und stellt sich als Herr Klawuttke aus dem Fernsehen vor. Ich habe Angst. In der nächsten Traumsequenz kurz vor dem Aufwachen komme ich in einem Bus an einem südlich wirkenden Meer an."

Mein nächster Geburtstag ist im März, Deutschland längst ein totalitärer Überwachungsstaat und meine Flucht ins Ausland auch schon realisiert. Manchmal ist es mir unheimlich, wie viele Wahrheiten in meinen Träumen stecken. Vor zwei oder drei Jahren träumte ich, meine Mutter habe einen Unfall gehabt. Als ich ihr im Traum begegne, steckt ihre linke Hand in einem dicken Verband. Ungefähr zehn Tage später schickt sie mir ein Foto ihrer verbundenen Hand. Es war ein Haushaltsunfall mit einem Messer, die Wunde musste im Krankenhaus genäht werden ...

Während ich das Traumtagebuch wieder in den Rucksack packe, frage ich mich, warum mir meine Träume so selten erfreuliche Ereignisse ankündigen. Oder tun sie es doch und ich vergesse es vor dem Aufwachen? Ich gehe frühstücken, ohne weiter darüber nachzudenken.

30. Dezember 2020, 6:38 Uhr

Die Auslagen auf dem Frühstücksbüffet auf Deck 11 sind leer. Ein kleiner, chinesisch wirkender Mann verteilt Fresspakete, weil das Virus offenbar gerne über menschliche Nahrung herfällt. Der Frühstückskellner arbeitet mit nacktem Gesicht. Vor der Büfettheke weist ein Aufsteller die Gäste zurecht: „Keep distance!"

Nachdem ich einer kühl wirkenden Blonden an der Kasse meinen Frühstücksgutschein gegeben habe, frage ich den Mann, ob er auch vegetarisches Frühstück habe. Er antwortet, dass alle Pakete Wurst und Käse enthielten. Dann geht er in die Küche und kommt mit einem Frühstück extra für mich zurück.

„Only with cheese", sagt er.

Mit der Tüte setze mich an einen der Tische, die sich langsam mit weiteren Frühstücksgästen füllen. Damit die Gruppen während der tödlichsten Pandemie aller Zeiten niemals miteinander in Kontakt kommen, kleben auf jedem zweite Tisch schwarze und gelbe Streifen. Die Signalfarben für allerhöchste Gefahr. Wespenfarben. Platznehmen streng verboten.

Hinter der weiten Fensterfront ist es immer noch dunkel. Ich packe die braune Papiertüte aus: Mein Frühstück besteht aus zwei Weizenbrötchen, vier

Scheiben Käse, Marmelade und Butter in Plastik, abgepacktem Orangensaft, einem Apfel und einem gekochten Ei. Auf dem Büffet stehen Thermoskannen mit Kaffee, Teewasser und warmer Milch.

Ich hole mir eine Tasse Kaffee und erschaudere bei dem Gedanken an Verpackungsmüll und Maskenschrott im Meer. Aber natürlich werden die Politiker bald wieder mit Greta Thunberg die Klimakeule schwingen und die Menschheit mit Genexperimenten, die als Impfungen getarnt sind, vor sich selbst retten.

Ich erinnere mich an das Hotel in der pommerschen Heimatstadt meiner Großeltern, wo mir am 2. Juli 2020 auch ein abgepacktes Frühstück serviert wird. Zwei Tage zuvor im Hotel „Corona" in Kolberg hat ein Geschwader von Maskenträgerinnen die Herrschaft über das Büffet an sich gerissen. Die Gäste müssen ihnen sagen, was und wieviel sie auf die Teller legen sollen. In der gemütlichen Pension in Rügenwalde darf ich mich frei und ungeniert am Büffet bedienen und im Schlosshotel kurz vor Danzig werde ich freundlich darauf hingewiesen, mir vorher Plastikhandschuhe anzuziehen. In Kolberg nehmen manche deutsche Urlauber nicht einmal beim Essen die Masken ab. Am Nebentisch schiebt sich eine Frau eine Gabel Rührei unter die Gesichtswindel und mir dreht sich fast der Magen um. Auf meinem Fahrrad in der Landschaft meiner Ahnen vergesse ich das absurde

Theater, dessen Bühne in Polen weniger expressiv bespielt wird als in Deutschland. Zumindest im Sommer, als ich die Ruhe vor dem Sturm längst spüre.

Ich esse beide Brötchen und den Apfel. Das Ei gebe ich dem Kellner zurück, weil ich mich vor Eiern genauso ekele wie vor Fleisch. Wahrscheinlich wird er es in die Biotonne werfen. An meinen Händen könnte ja ein Killervirus mit seinen Virenfreunden Pingpong spielen.

30. Dezember 2020, 7:19 Uhr

Mit einem sanften Ruck ziehe ich mein Gepäck über die Kabinenschwelle und lasse die Tür hinter mir ins Schloss fallen. Vor dem Aufzug warte ich eine Weile. Ich höre durcheinander plappernde Stimmen. Allgemeine Aufbruchstimmung, denn das neue Ufer ist fast erreicht. Als ich durch die Fahrstuhltür auf Deck 7 trete, ist die Lobby schon bis zum Rand mit Menschen gefüllt. Unter dem Maskendiktat, dem sich die Mehrheit anpasst, kommt es mir vor wie ein Gefangenentransport. Mein Gesicht ist seit meiner Ankunft in der Kabine entblößt. Durch die Menge bahne ich mir meinen Weg zur Rezeption und lese auf einem Schild: „Foot passengers, please wait here!"

Im Minibus zum Terminal sei es Pflicht, Mund und Nase zu behängen. Neben mir entdecke ich die junge Frau mit dem Reiserucksack, die wieder ihre Schweinchenmaske trägt.

„Guten Morgen", spreche ich sie an. „Na, gut geschlafen?"

„Oh ja, sehr", sagt sie.

„Ich auch. Ich wusste gar nicht, dass die Kabinen so komfortabel sind", setze ich unseren Smalltalk fort.

„Ja, das hat mich auch überrascht", erzählt sie mir und fragt mich: „Wollen wir uns vielleicht ein Taxi zum Hauptbahnhof teilen?"

„Gerne. Ich habe aber noch keine schwedischen Kronen."

Sie antwortet: „Ich auch nicht. Aber wir können sicher mit Karte zahlen."

„Okay, dann machen wir das", willige ich ein.

Ein Dunkelhaariger mit einer blauen OP-Maske mischt sich ein: „Warten Sie auch auf den Transfer zum Terminal?"

Wir bejahen die Frage und eine Frau kommentiert: „Dann bin ich ja richtig hier."

Die schrille Klingel, die mich um 22 Uhr unsanft geweckt hat, schallt durch die Lobby. Eine Frauenstimme gibt bekannt, dass wir soeben in Malmö angekommen seien. Sofort quetschen sich die Passagiere durch die enge Tür und wuseln wie Ameisen zu ihren Autos. Neben der Rezeption warte ich auf den Transfer und ziehe zum hoffentlich letzten Mal meine Löchermaske aus der Jackentasche.

Als der Fahrer, der auch in Malmö eine gelbe Weste trägt, erscheint, verrichtet meine Nase bereits unter dem grünen Netz ihren Dienst.

Auf dem Autodeck ist ein grauer Minivan geparkt, der Kofferraum steht weit offen. Meine Mitreisenden legen ihr Gepäck auf der Ladefläche ab. Ihre Taschen und Trolleys sehen viel kleiner und leichter aus als mein Koffer, mit dem ich mich nach einer ruhigen Nacht voller Schlaf genauso abmühe wie am Vortag. Neben mir steht ein nordisch wirkender Hüne ohne Maske. Was ich ihn fragen möchte, fällt mir sogar auf Schwedisch ein: „Kan du hjälpa mig?"

Können Sie mir helfen?

„Ja, visst."

Natürlich könne er mir helfen. Dann hebt er den Koloss in den Wagen und ich bedanke mich: „Tack så mycket."

Vielen Dank.

Zwischen dem Mann und der Rucksackträgerin lasse ich mich zum ersten Mal in meinem Leben auf schwedischen Boden chauffieren. Eine alte Studienfreundin war so begeistert von Schweden, dass sie mir mehrmals anbot, mich in ihrem VW-Bulli mit auf Campingtour zu nehmen. Damals ist es nie dazu gekommen. Ich bin auch 2019 nicht nach Stockholm geflogen, als Pekka mich zu einem spontanen Städtetrip nötigen wollte. Die alte Freundin hat mich im Sommer nach jahrelanger Funkstille nochmal auf Facebook kontaktiert. Auf meiner Pinnwand beschimpfte sie mich als Egoistin.

Wenige Minuten nach meiner Ankunft spüre ich weder ein Hochgefühl noch Erleichterung. Da ist nur Neugier auf das, was die Zukunft für mich bereithält.

Im morgendlichen Dämmerlicht fahren wir von der Schiffsrampe zu einem Tor. Der Minibus stoppt und die Tür wird von außen geöffnet.

„Pass control", ruft ein schwedischer Zöllner in den Wagen. Er und seine Kollegin haben dunkelblaue Uniformen und gelbe Westen an. Nachdem ich ihm meinen Ausweis gegeben habe, reicht er ihn an die Zöllnerin weiter. Sie fotografiert ihn mit einem Handy! In mir macht sich Unruhe breit. Was soll das? Was passiert jetzt mit meinen persönlichen Daten? Gehören Deutschland und Schweden nicht beide zu den Schengen-Staaten? Muss ich allen Ernstes damit rechnen, dass mein Perso als Handyfoto an die deutschen Behörden gemailt wird?

Der Zöllner gibt mir den Ausweis zurück und der Wagen fährt weiter, nachdem sich alle Insassen der ominösen Passkontrolle unterzogen haben.

Kurz darauf halten wir erneut. Am linken Fahrbahnrand sticht mir ein oranger Bus ins Auge. Es ist die Linie 32. Genau die steuert auch den Hauptbahnhof von Malmö an. Am Zweiten Weihnachtstag habe ich das alles schon online in Daniels Wohnzimmer recherchiert. Der Fahrer fragt auf Englisch, ob jemand den Bus zur Centralstation nehmen möchte.

„Yes, please!", melde ich mich und bin nicht die Einzige.

Ungefähr die Hälfte der Leute steigt aus. Mitten auf dem Hafengelände von Malmö unter einem wolkenlosen Himmel.

30. Dezember 2020, 7:54 Uhr

Der Busfahrer öffnet die hintere Tür. Ein gelbes Plastikband trennt das Steuer und die Sitzreihen voneinander ab.

„Wie sollen wir denn hier Fahrkarten kaufen?", fragt mich die Rucksackträgerin.

Links neben der Tür entdecke ich ein Kartenlesegerät der völlig kontaktlosen Sorte.

„Anscheinend mit Karte", ziehe ich daraus meine Schlüsse und aus meinem Portemonnaie meine EC-Karte. Ich halte sie gegen das digitale Bezahlmonster, das daraufhin ein dunkelrotes Kreuz anzeigt und ablehnend piept. Dann zücke ich meine Kreditkarte und das Gerät ist glücklich.

„Das Ding mag wohl nur Kreditkarten", erzähle ich meiner Mitreisenden. „Hier steht 'Trevlig resa'. Das heißt auf Deutsch 'Gute Reise'."

Ich suche mir einen Sitzplatz und der Bus fährt an. Die Lady mit dem Rucksack versucht immer noch, sich ein Ticket zu kaufen und seufzt: „Das funktioniert bei mir einfach nicht."

„Auch nicht mit Kreditkarte?"

„Ich habe keine. Dann lade ich mir jetzt die App runter und bezahle halt mit dem Handy."

Ich setze die Löchermaske ab und schaue nach, wer

von den Eingestiegenen weiter einen auf Maskerade macht. Alle, die im Minibus Deutsch sprachen, sind ihren Gesichtswindeln treu geblieben. Die anderen sehen wieder aus wie Menschen.

Der Bus biegt auf dem Hafengelände noch mehrere Male ab. Derweil schickt mir meine Freundin Nicole eine Sprachnachricht auf Telegram: „Guten Morgen. Na, wie geht es dir? Bist du schon in Schweden? Erzähl mal, wie es dir auf der Reise ergangen ist."

„Hey, das ist ja schön, dass du dich so früh meldest", antworte ich ihr. „Es ist alles gut. Die Kabine auf der Fähre war superbequem und jetzt sitze ich im Bus zum Hauptbahnhof."

Als ich die zweite Nachricht von Nicole empfange, ziehen draußen immer noch Container und Hafengebäude an mir vorbei: „Wie ist das jetzt eigentlich mit den Masken in Schweden?"

„Also, ich fahre oben ohne Bus", berichte ich ihr und dämpfe meine Stimme: „Die anderen deutschen Mitreisenden tragen aber weiter brav ihren Maulkorb. Der Rest nicht."

Nicoles Antwort lässt nicht lange auf sich warten: „Oh mein Gott! Da sieht man mal, wie die Propaganda bei denen wirkt. Ich halte das echt nicht mehr aus! In der Berliner S-Bahn siehst du kein Gesicht mehr ohne Maske."

„Dann komm doch einfach nach. Wir können uns gerne zusammen hier in Schweden was suchen", schlage ich ihr vor.

„Du weißt doch, dass das nicht geht. Meine Tanzschule! Meine Tochter! Und Stefan will auch nicht weg von Berlin", wiederholt Nicole die Einwände, die ich schon so oft von ihr gehört habe. Sie fügt auch zum x-ten Mal hinzu: „Du bist in einer ganz tollen Lage. Hast keinen Partner, keine Kinder, keine Verpflichtungen und anscheinend die nötige Kohle."

„Wofür ich dankbar bin. Aber wenn du wirklich gehen willst, dann wird es auch für dich einen Weg geben, Nicole."

Als der Bus den Hafen verlassen hat, fragt mich meine Freundin: „Und wie ist Malmö so?"

„Kann ich noch nicht genau sagen. Auf den ersten Blick baltisch, ja, skandinavisch. Hat ein bisschen was von Kopenhagen."

Mir fällt auf, dass es in Malmö jede Menge Baustellen gibt. Ich sehe moderne Apartments, Bürogebäude und traditionelle nordische Backsteinarchitektur.

Nicole antwortet: „Aber fürs Erste wohnst du in Trelleborg, oder?"

„Nein, ungefähr 15 Kilometer östlich davon. Das Dorf liegt direkt an der Ostsee und heißt Smygehamn. Ich will mich im Januar erst mal erholen, bevor ich mich im Februar wieder ins Leben stürze. Dann kann ich dir auch mehr über Malmö berichten."

„Gut, ich bin gespannt", sagt Nicole. „Jetzt gehe ich übrigens zum Training. Was bin ich froh, dass ich das noch darf! Wenn ich nicht mehr tanzen dürfte, wäre ich schon längst durchgedreht."

Ich wünsche Nicole viel Spaß und verabschiede mich von ihr. Mit einer ausgewählten Profi-Riege darf sie noch sechsmal pro Woche im Ballettsaal Pirouetten drehen, während das Regime alle Sporteinrichtungen für das gemeine Volk verboten hat. Dafür werden Nicole und ihre Kollegen aber genötigt, sich im kalten Treppenhaus umzuziehen. Die Umkleidekabinen sind tabu, denn dort und in den Duschräumen tanzt Corona den sterbenden Schwan. Wegen dieser Privilegien, die das Virus in Deutschland genießt, muss sich Nicole nach ihren schweißtreibenden sportlichen Betätigungen zu Hause abbrausen.

Durch das Fenster erspähe ich einen Kanal und neben der Brücke am anderen Ufer ein Luxushotel. Der Hauptbahnhof von Malmö ist ein rotes Backsteingebäude. Der Bus stoppt an einer lang gezogenen Haltestelle direkt vor dem Eingang. Beim Aussteigen sage ich zu der Frau der Schweinchenmaske: „Schönen Tag und guten Rusch."

Nach einem „Danke, gleichfalls" trennen sich

unsere Wege. Zu meinem Glück fällt mein Blick auf eine stufenlose Rampe, so dass ich meinen Koffer mit einem sachten Anschubser ins Bahnhofsgebäude rollen kann.

30. Dezember 2020, 8:20 Uhr

Dunkelgrauer Boden in der Bahnhofshalle von Malmö. Rechts hinter einer Glaswand sehe ich Gleise, zu meiner Linken Kaffeestände, Snack- und Zeitungsläden. Menschen, die wohl gerade auf dem Weg zur Arbeit sind, eilen maskenfrei Richtung Ausgang und zu den Zügen. Ebenso frei ist der Fußboden. Nirgends kreischend rote Aufkleber. Ich fühle mich wie auf einer Zeitreise ins Jahr 2019, wo mich nichts mehr hinzieht. Mein altes Leben habe ich für immer verloren und ich bin stolz darauf!

„Non, je ne regrette rien", wie Edith Piaf einst sang. Ich bereue nichts.

Mein Weg führt nur noch vorwärts zum nächsten Fahrkartenautomat. Schon in fünf Minuten fährt ein Zug nach Trelleborg. Vuxen, Enkel … Was heißt das? Ich überlege, dann fallen mir die Vokabeln ein. Erwachsener, Einzel. Eine einfache Fahrkarte für Erwachsene. Der Automat arbeitet mit einem Touchscreen. Bis die Schaltflächen auf meine Finger reagieren und das gewünschte Ticket anzeigen, drücke ich sie mehrmals. Ein umständliches Teil! Endlich erscheint die Bezahlansicht. 51 schwedische Kronen, ungefähr fünf Euro. Der Automat frisst ausschließlich Plastik. Keine Scheine oder Münzen. Ich habe eh noch keine Kronen in der Tasche und stecke meine

EC-Karte in den Schlitz. Wenige Sekunden später halte ich ein Papierticket mit einem QR-Code in der Hand. Den nächsten Zug nach Trelleborg erreiche ich also rechtzeitig.

An der Glasscheibe vor dem Bahnsteig lese ich in Türkis auf dunkelgrauem Grund: „Håll avstånd!"

Obwohl ich diese schwedischen Vokabeln noch nicht gelernt habe, verstehe ich sie intuitiv. Eine nettere Art, „Abstand halten" zu sagen, als mit warnendem Rot.

Am Bahnsteig wartet ein lila Regionalzug mit ebenerdigen Türen. Ich schleppe mich und mein Zeug hinein und suche mir einen Sitz, neben dem ich viel Platz für mein Hab und Gut habe. Mein Koffer hat tatsächlich die ganze Reise durchgehalten, ohne auseinander zu platzen! Ich bin dankbar dafür. Und ich bin dankbar, in der Öffentlichkeit wieder menschliche Gesichter zu erkennen.

Leise setzt sich der Zug in Bewegung und hält kurz darauf an einem futuristisch sterilen Tiefbahnhof namens Triangeln. Zwei Asiatinnen mit Mundschutz steigen ein. Ich wende meine Augen ab und richte sie auf einen Bildschirm an der Decke des Wagons. Wie das Berliner Fenster in der U-Bahn, denke ich.

„Håll avstånd!", flimmert über den Monitor. Es folgen Schlagzeilen mit dem Wort „vaccination". Eine Telefonnummer, die Bürger wählen können, um sich über die mRNA-Impfung zu informieren.

Ich ahne Böses: Schweden unterstützt das genetische Experiment wie alle anderen EU-Staaten. Auf lange Sicht könnte es sogar der perfidere Weg sein, die Bevölkerung nur minimal einzuschränken. So regt sich vermutlich weniger Protest und mehr Bereitschaft, sich die Spritze verpassen zu lassen. Ich beschließe, die Angelegenheit zu beobachten und trotzdem Dankbarkeit walten zu lassen. Dankbarkeit für die Chance, ein neues Leben zu starten.

Eine Schaffnerin kontrolliert die Fahrkarten. Sie ist genauso maskenlos wie ich und die meisten anderen Fahrgäste. Sie hat einen Scanner bei sich. Er leuchtet rot auf und piept über dem Code auf meinem Ticket. Ich erinnere mich, dass die Kontrolleure früher die Fahrkarten in die Hände nahmen und knipsten.

„Trelleborg 25 min.", lese ich auf dem Bildschirm.

Das ist nicht der Ort, der mir im Sommer als erstes in den Sinn gekommen war. Ich wollte unbedingt nach Stockholm und trat einer Facebook-Gruppe für Deutsche in der schwedischen Hauptstadt bei. Nachdem mich ein Admin freigeschaltet hat, frage ich auf der Pinnwand nach preiswerten Langzeitunterkünften.

„Corona-Leugnerin, verschwinde von hier!", kommentiert ein anderes Mitglied. Wie vor den Kopf geschlagen antworte ich: „Hier geht es nicht um Corona. Ich habe nur nach Unterkünften gefragt. Nichts weiter."

„Aber auf deinem Profil hast du lauter Videos und Bilder von Corona-Demos gepostet!", schreibt jemand zurück.

Bevor ich mich aus der Gruppe lösche, fragt ein anderes Mitglied: „Weiß jemand, wo man in Stockholm schöne Masken kaufen kann?"

Dann wird mir bewusst, dass es höchste Eisenbahn ist, die Privatsphäre-Einstellungen auf meinem Facebook-Profil zu ändern.

Ende April 2020 fange ich an, auf Freiheitsdemos in Berlin zu filmen, anfangs noch am Rosa-Luxemburg-Platz. Meinen Presseausweis trage ich immer gut sichtbar an einer Halskette, Polizisten lassen mich damit Absperrungen passieren. Mein Umgang mit der Polizei ist bis zuletzt freundlich. Trotzdem halte ich aus nächster Nähe die Kamera auf schwarzuniformierte Schlägertrupps, die auf wehrlose Menschen einprügeln und Demonstrationen systematisch einkesseln. Am 18. November gerate ich selbst unter den Starkregen der Wasserwerfer vor dem Bundestag. Mein Lackmantel schützt mich in dem Moment nicht nur vor Nässe, sondern auch vor Tränengas. Der nasskalte Angriff brennt vielen in den Augen und ich bekomme langsam den Eindruck, dass eine höhere Macht ihre schützende Hand über mich hält.

Während ich daran denke, vibriert mein Handy. Ich

rechne mit einer Nachricht von den lieben Daheimgebliebenen und lese stattdessen auf YouTube: „Ich bring dich um! Kom mir blos nich in die Finger abgefuckte FOZZE!"

Es ist wohl schon zu viel passiert, um emotional zu reagieren. Müsste ich nach all den Hetzparolen und Morddrohungen nicht eigentlich Angst, Schuld, Wut oder Trauer empfinden? Ich fühle nichts. Gar nichts. Ich behalte mein Handy in der Hand und lächele euphorisch in die Kamera. Das Selfie schicke ich meiner Mutter, Nicole und Daniel. Draußen vor dem Fenster rauscht die Ostsee an mir vorbei.

30. Dezember 2020, 8:59 Uhr

Die Bahnhofsuhr in Trelleborg zeigt schon fast Punkt neun. An das rote Backsteingebäude grenzt der Hafen. Beim Aussteigen aus dem Zug bemerke ich einen Koloss von Fähre. Was für ein Umweg über Malmö, wird mir hier noch klarer als vorher. Trotzdem habe ich es so weit geschafft. Vor ungefähr 24 Stunden hatte ich noch Ärger mit Frau Klein-Krämer, jetzt bin ich fast am Ziel. Um es schnell zu erreichen, überfliege ich auf der Anzeigetafel die Abfahrten der Busse vor dem Bahnhofsgebäude. Bus 190 Richtung Ystad, Abfahrt um 9:06 Uhr, Bussteig H. Wieder mal alles perfekt getimt für den vorletzten Kraftakt. Sobald ich aus dem Bus gestiegen bin, führt der nächste Weg zu meiner neuen Heimat auf Zeit.

Bussteig H befindet sich am Ende des langen Busbahnhofs. Der längste mögliche Weg vom Zug zu einem Bus. Ich gebe Gas, obwohl mein Gepäck immer noch wie ein Klotz an meinem Sprinterbein hängt. Auf meinem Gesicht spüre ich die Feuchtigkeit des morgendlichen Nebels und die nordisch frische Luft.

Der Busfahrer öffnet mir die Hintertür. Außer mir ist dort niemand, den das gelbe Plastikband vom Steuer abschirmt. Ich habe immer noch keine Ahnung, wie es vor Erkrankungen der Atemwege schützen soll. Aber: The show must go on. Das

Kartenlesegerät links neben der Tür streikt. Es reagiert weder auf meine EC-Karte noch auf die Kreditkarte. Ich bin ratlos und grabe in meinem Kopf nach Schwedisch-Vokabeln.

„Where ... Var kan jag köpa biljetter ... äh ... en biljett till Smygehamn?"[11], stottere ich bei der Frage, wo ich eine Fahrkarte kaufen könne. Die schwedischen Substantivendungen finde ich verdammt gewöhnungsbedürftig!

Der Busfahrer antwortet gelangweilt: „Ute."

Hat er wirklich „Draußen" gesagt? An den Bussteigen sehe ich weit und breit keinen Fahrkartenautomaten. Oder meint er mit „Draußen" das Bahnhofsgebäude? Aus den Augenwinkeln sind mir neben dem Hauptportal tatsächlich zwei Automaten aufgefallen. Wenn ich zurückliefe, würde der Bus in der Zwischenzeit ohne mich abfahren und dann müsste ich erst einmal Zeit in Trelleborg totschlagen. Dass ich mir ohne Fahrkarte einen Platz suche, scheint den Busfahrer herzlich wenig zu interessieren. Er schenkt mir keine Aufmerksamkeit mehr und startet den Motor. Auf den letzten Metern fahre ich also schwarz. Zuerst durch ein Industriegebiet, wo ich eine SMS empfange. Meine Wirtin Malin möchte wissen, wo ich gerade stecke. Sie schreibt mir auf Englisch, nachdem wir am 27. Dezember auf Schwedisch

---

[11] biljetter: Fahrkarten (unbestimmt. Plural), en biljett: eine Fahrkarte

kommuniziert haben. Ich habe ihr mitgeteilt, dass ich um 7:30 Uhr mit der Fähre in Malmö ankomme.

„I've just left Trelleborg by bus", verkünde ich ihr.

Malin ist überrascht. Sie sei selbst gerade noch mit dem Auto in Trelleborg und werde sofort Gas geben. Anscheinend haben wir beide nicht damit gerechnet, dass mit meinen Anschlüssen alles so gut flutscht. Ich bin gespannt, ob sie es schafft, den Bus einzuholen.

Rechts von der Straße sehe ich das Meer. Die Landschaft ist so platt wie in Norddeutschland. Kahle, trostlose Felder zu meiner Linken. Hier und da ein paar Bäume, aber keine Wälder. Der Bus fährt durch Dörfer, von denen manche mit ihren reetgedeckten Häusern aussehen wie aus dem Bilderbuch. Ich freue mich auf lange Spaziergänge an der Ostsee. Viel Zeit für mich selbst und die Frage, welche neue Richtung ich einschlagen soll. Die wichtigste Frage nach einer vollstreckten Haftstrafe in Berlin. Auf jeden Fall werde ich meine Geschichte aufschreiben. Schon im Sommer wollte ich mich an ein Buch über 2020 wagen und ließ es bleiben.

„Das Thema ist viel zu komplex und der Kontext verworren", lautete mein Urteil. Und worauf sollte ich mich in der Brise vor dem nahenden Sturm fokussieren? Jetzt weiß ich es: auf meine letzte Ausfahrt 2020. Egal, wie die Geschichte endet. In

Wahrheit wird ihr Ende ein Anfang sein. Der Beginn einer ungewissen Zukunft. Im Starknebel werde ich einen Schritt vor den anderen setzen und diese Ära wahrscheinlich mit ein paar Prüfungen überleben.

Mein Handy regt sich vibrierend. Diesmal schreibt mir mein ungarischer Spaziergeh- und Bootskumpel Laszlo: „Wie geht's? Wollen wir heute am Tegeler See eine Runde gehen?"

Laszlos Antwort wirkt traurig, nachdem ich ihm reinen Wein eingeschenkt habe: „Kommst du nie mehr wieder? Das ist wirklich sehr schade. Ich habe sonst keine Freunde hier."

„Sag niemals nie", texte ich. „Aber nein, erstmal nicht. Tut mir leid."

Ich spüre einen leichten Anflug von Trauer. Im Sommer haben wir oft zusammen Ausflüge in Laszlos Schlauchboot gemacht. Wir erkundeten die Inseln im Tegeler See, begegneten unheimlich vielen Vögeln und zwei alten Pferden. Berlin hat auch eine idyllische Seite, in der ich mich mehr und mehr verpuppt hatte. Der dicke Laszlo war in mich verknallt und ich habe alle Annäherungsversuche abgewiesen.

„Was willst du denn mit dem Tegeler See, wenn du die Ostsee haben kannst?", meldet sich eine Stimme in mir. Non, je ne regrette rien.

Rechts taucht ein weißer Leuchtturm in meinem

Blickfeld auf.

„Smygehuk vandrarhem", meldet sich die Haltestellenansage. Jetzt ist es nur noch ein Katzensprung bis zum Ziel. Ungefähr 300 Meter weiter schallt „Smygehamn stationsvägen" durch den Bus. Ich drücke den roten Stopp-Knopf neben meinem Sitz.

30. Dezember 2020, 9:24 Uhr

Mit Meerblick steige ich als Einzige am Ortseingang von Smygehamn aus dem Bus und überquere die Landstraße. Am rechten Straßenrand gibt es keinen Fußweg. Ich brauche Orientierung und tippe Malins Adresse in den Navi auf meinem Handy. Nur noch 370 Meter trennen mich von ihrem Haus. Mein lädierter Koffer hat bis hierhin tatsächlich allen Strapazen getrotzt. Es kommt mir vor wie ein Wunder. Ich höre nur den Seewind, kreischende Möwen und das Rauschen der Wellen. Nach mehr habe ich gerade kein Verlangen.

Mein Navi fordert mich auf, in eine Einfamilienhaussiedlung abzubiegen. Über den Dächern ruht die Stille des Morgens. Der Himmel ist leicht bewölkt.

„Ist es Ironie des Schicksals?", frage ich mich in Gedanken. Aus dem Kaff und dem Einfamilienhaus meiner Eltern wollte ich schon als kleines Mädchen ausreißen und jetzt flüchte ich freiwillig in ein Dorf. Ich schwelgte in Fantasien, wie ich nachts abhaue. Wenn ich es in der Realität tat, schaffte ich es immer nur bis zu meinen Großeltern im Nachbardorf.

Mit 14 schreibe ich eine Geschichte über eine jugendliche Ausreißerin namens Babette, die zwei Jahre älter ist als ich. Meinem Deutschlehrer verkünde ich in einer großen Pause stolz: „Herr Fehler, ich schreibe ein Buch!"

Herr Fehler lächelt verhalten und für mich erweist es sich als großer Fehler, 13 Jahre zur Schule zu gehen. Geiselhaft, in der man in Deutschland nichts fürs Leben lernt, außer sich klein zu machen und zu gehorchen. Natürlich auch binomische Formeln, die mir bei nichts Wichtigem jemals geholfen haben.

Mit 15 notiere ich in meinem Tagebuch: „Die Schule tötet die Kreativität."

Meinen Roman über Babette habe ich nie vollendet. Die Seiten sind irgendwo in der Versenkung verschwunden.

Nach einer Abzweigung nach links überholt mich ein weißer VW, der ein paar Meter vor mir bremst. Aus dem Wagen steigt eine schlanke Brünette mit strahlenden blauen Augen. Ich schätze sie auf ungefähr 50.

„Är du Malin?" frage ich sie, ob sie meine Vermieterin sei.

„Ja", antwortet sie. „Hjärtligt välkommen!"[12]

„God morgon", wünsche ich Malin einen guten Morgen. Mit gerolltem R spricht man es „Gu moron" aus.

Dann reden wir Englisch, weil mein schwedischer

---

[12] Zu Deutsch: Herzlich willkommen!

Wortschatz noch sehr beschränkt ist.

Malin öffnet den Kofferraum, in dem wir gemeinsam mein Gepäck verstauen.

„Oh my God, it's so heavy!", stellt sie fest.

Die letzten 100 Meter meiner Reise lege ich auf Malins Beifahrersitz zurück. Der Trip endet in einer Einfahrt neben einem einstöckigen Haus mit hellbraunen Klinkersteinen. Nachdem wir meine Habseligkeiten aus dem Auto gehievt haben, nimmt mir Malin mein Keyboard und den Rucksack ab. Sie lotst mich zu einem Nebeneingang an der rechten Seite ihres Hauses. Hinter der Tür führt eine steile weiße Treppe aus Holz ins Souterrain. Malin rät mir, vorsichtig zu sein. Zusammen tragen wir langsam den Koffer die Stufen hinab. Ich fasse am oberen Ende an, Malin am unteren. Danach holen wir mein Keyboard und den Rucksack.

Unten liegt eine schwache Note von Vanille-Duftkerzen in der Luft. Auf einer Holzkommode stehen eingerahmte Fotos von zwei blonden Teenager-Mädchen zwischen weihnachtlichen Dekorationen. Eine Lichterkette illuminiert den Flur mit sechs Türen. Links neben der Treppe sammelt meine Wirtin Altpapier, Glas, Plastik und Pfandflaschen.

Sie öffnet die Tür am Ende des Flurs: mein Zimmer für viereinhalb Wochen.

30. Dezember 2020, 9:40 Uhr

Auf einer weißen Kommode mit drei Schubladen leuchtet ein Schwibbogen. Das warme Licht verleiht dem kleinen Raum eine gemütliche Atmosphäre. Durch das Minifenster, vor dem Malin ihr Auto geparkt hat, fällt nur wenig Licht. Mir ist es egal, denn selbst die hellste und größte Berliner Wohnung wäre in meinen Augen gerade ein Ort der Finsternis.

Das Doppelbett nimmt den meisten Platz im Zimmer ein. Über der Matratze liegt eine graue Tagesdecke mit weißen Sternen, darüber farblich passende Handtücher und drei ordentlich drapierte Kissen auf jeder Bettseite.

Wirkt alles sehr skandinavisch, denke ich.

Rechts neben der Tür entdecke ich ein weißes Bücherregal. Neben dem Bett steht ein ebenfalls weißer Beistelltisch mit einer beschirmten Nachttischlampe. Auf dem bunten Flickenteppich vor meinem Nachtlager hat Malin einen Sessel platziert. Er ist mit verschnörkelt gemustertem Satin überzogen. In einem der unteren Regal-Fächer sehe ich eine Spielzeugkiste für Kindergeschirr aus Plastik.

Ich ziehe meine rote Kunstpelzjacke aus, hänge sie auf einen Bügel an der Kleiderstange und sage zu Malin: „This is beautiful and cosy."

In Gedanken füge ich hinzu: Mit der Größe werde ich mich arrangieren.

Malin freut sich, dass ich mich wohlfühle. Dann lässt sie mich meine Sachen auspacken. Hinterher werde sie mir den Rest zeigen, sagt sie und verlässt das Zimmer. Sie ist mir sehr sympathisch und sicher bei ihren Schülern unheimlich beliebt. Malin arbeitet als Schwedisch- und Musiklehrerin und singt auf Hochzeiten. Bestimmt werde ich in ihrem Haus wunderbar Musik machen können.

Ehe ich mein Gepäck anrühre, lichte ich das Zimmer mit meiner Handykamera ab. Das Foto schicke ich meiner Mutter, um die nächste Panikattacke von ihr abzuschirmen. Dann befreie ich meinen Koffer von dem blauen Schal und öffne vorsichtig den Reißverschluss. Obwohl er über den Rollen aufgeplatzt ist, lässt er sich komplett in beide Richtungen ziehen.

Zuerst räume ich das Technikfach leer und packe meinen mobilen Drucker, die externen Festplatten, die Lautsprecherboxen, den Kopfhörer, das Kamera-Equipment und die zwei Laptops in die untere Schublade der Kommode. Meine Jacken hänge ich auf die Bügel an der Kleiderstange; die Schuhe bekommen einen Platz darunter.

Aus dem Koffer strömt ein intensiver blumiger Duft. Als ich das Fach für meine Kleidungsstücke aufmache, offenbart sich die Bescherung: ausgelaufenes Duschgel und verstreutes Salz.

„Oh, Shit!", stöhne ich.

Während ich die Klamotten auspacke und in die Kommode lege, verteilen sich die feinen Salzkörner auf dem braunen Kunststoffboden. Wenn ich fertig bin, werde ich Malin um einen Staubsauger bitten. Beim nächsten Mal, sage ich mir, nehme ich mir mehr Zeit zum Packen und quetsche weniger Auslauf-Substanzen in den Koffer. Die Sauerkraut-Konserve mit meinen Schätzen verstecke ich hinter einem Batzen Kleidung.

Es dauert ungefähr 20 Minuten, bis ich fertig ausgepackt habe. Dann reiße ich mir das verschwitzte Shirt vom Leib, schlüpfe in einen schwarzen Rollkragenpullover und schließe den Koffer, als wäre unterwegs überhaupt nichts mit ihm passiert. Er ist wirklich und wahrhaftig heil geblieben!

Auf der Kommode vibriert mein Handy. Meine Mutter kommentiert den Schnappschuss: „Das Zimmer sieht nett aus."

Im nächsten Augenblick wähle ich ihre Nummer. Prompt meldet sie sich und ich sage: „Hallo Mama, schöne Grüße aus Schweden."

Sie antwortet: „Ich hätte ja nicht gedacht, dass du schon in deiner Bleibe bist."

„Tja, nach der Ankunft in Malmö hatte ich überall ratzfatz Anschlüsse. Es ist alles extrem gut gegangen."

Während ich ihr von den vielen glücklichen Fügungen meiner Reise berichte, lugt eine schwarzweiße Katze mit neugierigen grünen Augen durchs Fenster. Sie sieht fast so aus wie Daniels Kater Felix.

Nachwort

Dieser Roman floss mir vom ersten bis zum letzten Wort in Schweden aus der Feder, die meisten Kapitel schrieb ich in Stockholm. In fiktionaler Form thematisiere ich darin meine eigene „Flucht" aus Deutschland. Wieviel Prozent der Geschichte autobiographisch sind, bleibt jedoch mein Geheimnis.

Seit ich Berlin verlassen habe, ist viel passiert. Monate, in denen kein Stück Stoff jemals wieder mein Gesicht verschleiert hat. Das Erlebte würde eine Menge Stoff für einen zweiten, viel längeren Roman bieten.

Mein bisheriges Fazit lautet: Mein Weggang aus Deutschland war zum passenden Zeitpunkt genau die richtige Entscheidung. Obwohl am anderen Ufer der Ostsee neue Herausforderungen auf mich warteten und ich wenige Wochen nach meiner Ankunft die ersten Prüfungen zu meistern hatte! Nun gut, das passiert im Spiel des Lebens und wir haben immer die Wahl, nach welchen Regeln wir uns auf dem Spielbrett bewegen.

Diese Spielart nenne ich Eigenverantwortung. Niemals zuvor bin ich mir derer so bewusst gewesen wie in Zeiten von Corona. Entgegen aller Widerstände und Anfeindungen habe ich schon früh die Maßregelungen der Bundesregierung, die sich mir jeglicher Logik entziehen, konsequent abgelehnt. Das hatte zur Folge, dass sich einige Freunde aus meinem alten Leben verabschiedeten und ich parallel neue wunderbare Menschen kennenlernen durfte. Außerdem kam ich an Orte, die ich wahrscheinlich nie gesehen hätte, wäre 2020 alles so weitergegangen wie ein Jahr zuvor. Für diese glücklichen Fügungen empfinde ich eine tiefe Dankbarkeit.

Wenn ich durch die Medien und Erzählungen von Freunden nach Deutschland zurückblicke, bin ich oft traurig über die gesellschaftliche Spaltung und die Traumatisierung von Kinderseelen durch Maskenzwang, Testpflicht und nicht endende Lockdown-Schikanen. Die Bereitschaft vieler Menschen, den Aufbau einer Diktatur, die Zerstörung der Wirtschaft und Gen-Experimente am eigenen Körper zu dulden, ist mir unverständlich.

Nichtsdestotrotz haben wir alle einen freien Willen. Ich habe gewählt, den Verantwortlichen so wenig Aufmerksamkeit wie möglich zu widmen und meine Freiheit in Schweden zu genießen. Wie ich in den letzten Kapiteln meines Romans angedeutet habe, gibt es auch hierzulande leichte Einschränkungen. Die „Zwangsmaßnahmen", die der zitierte Spiegel-Artikel vom 28. Dezember 2020 prophezeite, sind in der Realität glücklicherweise nicht eingetreten.

Irgendwann im Laufe des Sommers werde ich wahrscheinlich weiterreisen in ein anderes Land. Welches das sein wird, ist derzeit noch im Verborgenen. Zu gegebener Zeit lasse ich mich von den Synchronizitäten des Lebens leiten und bin gespannt, wohin mich mein Weg führen wird.

Annika Senger, Juni 2021

Zeitfracht Medien GmbH
Ferdinand-Jühlke-Straße 7
99095 Erfurt, Deutschland
produktsicherheit@kolibri360.de